KB161992

환상의
댄스 배틀

환상의 댄스 배틀

김설아
박홀룸
정재희
조은정
최하나

차례

딸아이는 올해 3월부터 K-POP 안무를 배우고 있다. 겨우 초등학교 1학년인데 말이다. 안무 선생님의 말을 들어 보니 요즘에는 초등학교 때부터 춤을 배우러 오는 것이 하나의 문화로 자리 잡았다고 한다. 하긴 마트나 쇼핑몰에서 좋아하는 노래가 나오면 멈춰 서서 춤을 추는 청소년들을 자주 보긴 했다. 최근에는 오디션 프로그램이 다양해지면서 소위 '프로'라고 불리는 댄서들이 경쟁에 나서기도 하는데, 비록 텔레비전을 통해서지만 우리는 그들의 멋진 모습을 보고 꿈을 키우거나 열정을 배운다. 어릴 때부터 이런 콘텐츠를 자연스레 접한 친구들이 더욱 춤과 가까이 지내는 것 아닐까 한다.

김설아, 박훌륭, 정재희, 조은정, 최하나 작가는 춤을 사랑하는 사람들이다. 장르는 다르지만 실제 춤을 췄고 현재도 큰 관심을 가지고 있다. 이들이 춤에 관해 쓴 이야기들은 의외로 비슷한 주제를 관통한다. 바로 청소년기의 '꿈과 희망'이다. 각 주인공들은 춤에 관심이 있든 없든 현 상황의 고민과 결핍을, 춤을 통해 해결하는 모습을 보여 준다. 여기서는 춤이, 단순한 '춤'이 아니라 그들의 거친 숨을 틔어 주는 하나의 통로다.

'나는 현실과 타협해야 하는 상황에서 어떻게 행동해야 할까?' '너무나 하고 싶은 일이 있을 때는 어떻게 접근해야 할까?' '무모한 꿈도 꿈인가?' 이건 춤뿐 아니라 다른 관심사에도 똑같이 가질 수 있는 고민이다. 알다시피 정답은 없지만, 우리가 이 의문을 생각하며 직접 풀어 나가려 노력하는 과정에서 수많은 가능성과 긍정적인 에너지가 생긴다. 그것이 인생을 살아 내는 힘이라고 해도 과언이 아니다.

꿈은 꾸는 자 만의 것이다. 환상 속의 꿈으로 끝날지언정 어떤 시도는 내가 알 수 없는 나비 효과를 불러일으킨다. 이 이야기들을 읽으면서 여러분에게 수많은 나비가 날아들기를 기원한다.

박홀륭

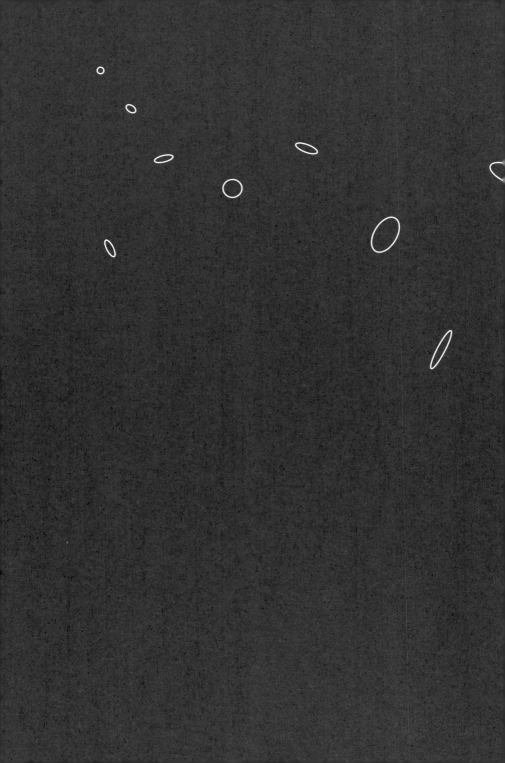

춤추는 동전

김설아

춤. 좋아하세요? 저는 춤추는 것을 좋아합니다.
보는 것도 좋아합니다. 춤추듯 살아갈 수 있길 바랍니다.
춤을 좋아하신다면 여러분의 시간과 공간에도 춤이 함께하길
기원합니다. 그 어떤 형태로도 좋습니다. 윙크, 가벼운 핑거 스냅,
고갯짓, 미소. 무엇이든 춤이 될 수 있어요. 여러분의 맥박이
쿵쿵 뛰며 즐거운 음악을 대신해 주기를.

1

이른 아침. 행복은 어두운 복도를 걸어가며 왼쪽 눈을 스르르 감았다. 피곤할 때면 늘 한쪽 눈이 감겼다. 소년은 오른쪽 눈만 뜨고 걸어갔다. 복도 끝, 강당으로 내려가기 전에 피아노실이 있었다.

외떨어진 별관 구석에 처박힌 피아노실. 이 장소는 지금 행복이 다니는 학교의 음악에 대한 관심을 그대로 보여 주는 것 같았다. 행복도 모든 의욕을 상실하지 않았다면 일반 고등학교에 오지 않았을 터였다.

행복은 열쇠를 꺼내 연습실 문을 열었다. 불을 켜니 작은 먼지들이 날아다니는 것이 보였다. 검은색 야마하 피아노는 오래된 거였다. 행복의 집에도 아버지가 어릴 때 샀다는 갈색 삼익피아노가 있었다.

행복은 가방에서 보온병을 꺼내 뚜껑에 뜨거운 물을 따라 두 손으로 잡고 손을 녹였다. 추위로 곱은 손이 풀리긴 했지만 여전히 피아노를 치고 싶은 마음은 들지 않았다. 밤새 클래식 연주 영상을 보고 음악을 들었지만 마찬가지였다. 너무 졸렸다. 배도 고팠다.

행복은 교복 주머니에 서너 개씩 넣어 다니는 작은 초콜릿을 꺼내 우물우물 녹여 먹었다. 9년간 지루함을 느낀 적은 없었다. 그런데 작년 말부터 피아노를 치는 게 재미없었다.

도대체 왜?

"아."

행복은 문득 깨달았다. 아버지가 돌아가신 후로 피아노 연주를 하지 않게 되었다. 건반 위에 손가락조차 올리지 않고 도로 뚜껑을 닫고는 했다.

"하."

행복은 결국 뚜껑도 열지 않고 교실로 올라왔다.

* * *

북적이는 복도를 걸어 교실 뒷문으로 들어서자마자 행복은 서창민의 발에 걸려 넘어졌다. 창민은 행복 손을 밟았다. 손가락에 창민의 몸무게가 실려 피부가 하얗게 변했다.

창민이 말했다.

"꼴 좋다. 또 피아노 치고 오셨나? 이거 부러지면 어떻게 될까?"

창민은 흑백 삼선 슬리퍼를 신은 발에 힘을 주었다. 으드득 소리가 나자 행복은 이를 악물었다. 인상을 쓰긴 했지만 욕을 하거나 싸우려 들지는 않았다.

다만 이렇게 말할 뿐이었다.

"하지 마."

"뭐래?"

"하지 말라고."

"싫은데? 할 건데?"

"왜?"

"안 가르쳐 줄 건데?"

창민 패거리는 행복을 둘러선 채 원숭이처럼 낄낄댔고, 다른 아이들은 구경하거나 모른 척할 뿐이었다.

그때 누가 외쳤다.

"그만둬!"

강혜린이었다. 혜린은 고양이처럼 치켜 올라간 큰 두 눈으로 창민을 쏘아보았다. 창민은 쳇, 하며 발을 거뒀다. 창민이 나지막하게 중얼거렸다.

"운 좋은 줄 알아라, 기생오라비 같은 놈."

행복이 일어서자 창민은 주먹으로 어깨를 퍽 치고 갔다. 행복은 말없이 어깨를 어루만지며 서 있었다.

혜린이 다가와 물었다.

"손, 괜찮아?"

"괜찮아."

혜린은 계속 행복을 쳐다보았다. 행복은 잠시 후 덧붙였다.

"걱정해 줘서 고마워."

혜린은 고개를 끄덕한 다음 자기 자리로 돌아갔다.

남학생들끼리 모여 수군댔다.

"강혜린, 저 자식 좋아하나?"

"혜린이 정도면 완전 감사하지. 우리 학년에서 가장 예쁘잖아."

"감사하긴 뭐가 감사해? 너한텐 1도 관심 없어."

"이 자식이!"

"그럼 뭐 하냐? 툭 치면 넘어지는데. 예고 안 가고 왜 여기 왔대?"

행복은 아이들의 말을 귀 기울여 들었다. 창민이 자신에게 왜 그러는지 알고 싶었기 때문이다. 선생님에게 이르고 싶지는 않았다. 스스로 알아내고 싶었다. 도대체 왜 그러는지 행복은 이유를 몰라 답답했다.

* * *

수업이 모두 끝났다.

행복은 석식을 먹고 피아노실로 가야 했다. 가방을 메고 나오긴 했는데 행복의 발길은 교문으로 향했다. 경비 아저씨가 지킴이실 창문으로 외쳤다.

"외출증은?"

행복은 냅다 뛰었다. 벌점 어쩌고 하는 소리가 들렸지만 행복에게도 계획이 있었다. 담임에게는 연습하다 뭔가 필요해서 잠깐 나갔었다고 둘러대면 될 일이었다. 마녀는 콩쿠르 일주일 전부터 확인한다고 했기 때문에 오늘은 안 올 터였다.

가야 할 곳은 없었다. 거리를 걷던 행복은 길가에 앉아 있는 노숙자를 보고 깜짝 놀랐다. 잠깐이었지만 돌아가신 아버지를 본 줄로만 알았다.

노숙자는 달랑 셔츠 한 장 차림이었다. 행복은 주머니를 뒤져 오천 원을 내밀었다.

돈을 받은 노숙자가 말했다.

"여기."

노숙자가 내민 것은 반짝거리는 금색 동전이었다.

행복이 말했다.

"안 주셔도 돼요."

"받아."

"정말 괜찮은데요."

"받으라니까."

행복은 몇 번 더 거절했지만 노숙자는 손을 거두지 않았다.

노숙자가 말했다.

"이게 네 인생을 바꿔 줄 거다."

"인생, 요?"

노숙자는 고개를 끄덕였다. 행복은 가난해 보이는 노숙자한테서 이걸 받아도 되나 싶었지만 계속 권하니 할 수 없이 동전을 받왔다. 동전에 써진 글씨는 알아볼 수가 없었다.

"어? 어어?"

동전은 행복을 앞으로 끌어당기며 어디론가 향했다. 손에 찰싹 달라붙어서 떼어 버릴 수도 없었다. 행복은 속수무책으로 질질 끌려갔다.

* * *

동전이 멈춘 곳은 '나혼춘'.

양진체로 써진 간판이었다. 행복은 난감했다.

"뭐야, 여기."

동전은 행복을 안으로 이끌었다. 계단을 올라가자 '나혼춘'이 나왔다. 이름과 다르게 화이트 인테리어에 색색의 네온 조명이 들어간 깔끔한 가게였다. 입구에 동전을 바꾸는 기계가 있고 벽에는 안내문 옆에 핑크색 네온사인이 보였다.

나. 혼. 자. 춘. 디

안내문에는 이곳은 무인 코인 댄스방이라는 설명과 함께, 기계에 500원짜리 동전 한 개를 넣으면 춤 한 곡을 출 수 있다고 써져 있었다. 동전은 행복을 유리문이 달린 방들 중 하나로 데려갔다.

"잠깐만! 동전 바꿔야 해!"

행복이 7번 방 문을 열자마자, 동전은 튕기듯 허공을 날아 댄스 기계의 동전 투입구 안으로 달칵 하고 들어갔다. 행복은 두 눈을 비볐다. 제대로 본 게 맞나 싶어서였다.

행복은 방 안을 둘러보았다. 가운데에 모니터와 스피커가 한 대 씩 있고, 문과 마주 보는 벽면은 거울로 되어 있었다. 거울에 행복의 모습이 비쳤다. 노래방과 비슷한 크기와 구조였지만 다른 점은 소파와 마이크가 없다는 것이었다.

그때 기계에서 소리가 나왔다.

"조이콘을 들어 주세요."

행복은 주변을 살폈다. 모니터 옆에 검은 스틱이 놓여 있었다. 작은 마이크처럼 생긴 스틱에는 빨간 머리가 달려 있었다. 행복은 그것을 눌러 보았다. 기계에서 소리가 나왔다.

"춤을 시작합니다. 레디? 댄스!"

"어라?"

천장의 작은 할로겐 조명이 꺼지고 미러볼이 반짝이며 돌아갔다. 스피커에서는 흥겨운 음악이 나오고 모니터에서는 사람들의 뒷모습으로 북적이는 무대 앞에 서 있는, 자주색 체육복을 입은 흑인 소년이 보였다. 소년은 행복 또래 같았다. 소년은 앞뒤로 오가더니 춤을 추기 시작했다.

소년은 마치 투명한 유리창을 만지는 것처럼 이리저리 움직였다. 행복도 호기심에 따라 해 보았다. 띠링띠링 하며 점수 올라가는 소리가 들렸다. 모니터 속 소년은 동작을 멈추고 고개를 절레절레

저었다.

"헤이! 몸이 왜 그렇게 굳었어?"

소년은 영어로 말했는데 이상하게 듣자마자 이해가 되었다. 소년이 말을 이었다.

"자, 일단 스트레칭부터."

소년은 오른손을 왼쪽 귀 위로 올려 목을 옆으로 지그시 눌렀다. 행복은 엉겁결에 따라 했다. 음악이 끝날 때까지 스트레칭을 하자 몸이 한결 부드러워졌다.

그때 달칵 하며 투입구로 동전이 굴러 나왔다. 금색 동전이었다. 행복은 동전을 투입구에 넣어 보았다. 또 흑인 소년이 나왔다. 스피커에서 느린 음악이 나왔다.

소년이 박수를 짝 쳤다.

"이번에는 아이솔레이션을 해 볼까?"

"아이솔레이션?"

소년이 고개를 끄덕였다.

"몸의 한 부분만 움직이는 동작이지. 춤의 기본이야. 봐."

소년은 몸은 가만히 둔 상태에서 목만 오른쪽 왼쪽 옆으로 까딱까딱 했다. 쉬워 보였기에 행복은 선뜻 따라 했지만 마음대로 되지 않았다. 거북이가 목을 뺐다 넣었다 하듯이 앞으로 내밀었다가 뒤로 당기는 것만 겨우 할 수 있었다.

행복이 물었다.

"어떻게 한 거야?"

소년이 대꾸했다.

"연습하면 돼. 꾸준히 해 봐."

행복은 몇 번이고 다시 해 보았지만 목은 전혀 옆으로 움직이지 않았다.

* * *

음악이 끝나고 조명이 켜졌다. 동전이 투입구로 굴러 나왔다. 행복은 아버지를 닮은 노숙자가 한 말을 불쑥 떠올렸다.

'인생이 바뀔 거라고 했지.'

행복은 금색으로 빛나는 동전을 유심히 보았다.

'이 동전은 대체 뭘까.'

행복은 망설이다가 동전을 투입구에 넣었다. 소년이 나왔다. 이번에는 다른 곡에 맞춰 아이솔레이션을 했다.

소년이 말했다.

"가슴을 옆으로 밀어 봐. 앞으로 열고, 다른 쪽으로 밀고, 다시 닫고."

행복은 어이없다는 표정으로 대꾸했다.

"가슴이라는 게 열리고 닫히는 거였냐?"

그러면서도 행복은 열심히 따라 했다. 천천히 할 때는 그럭저럭 되던 동작이 빠르게 연결하니까 전혀 안 되었다. 골반 역시 천천히 앞뒤와 옆으로 움직이는 것은 그럭저럭 했지만 한 바퀴 돌린다거나 반동을 주는 것은 무리였다.

또 동전을 넣으려던 행복은 흠칫 놀랐다. 미러볼 근처에 달린 CCTV가 눈에 띄었기 때문이었다. 행복은 지갑에서 천 원을 꺼내 동전을 바꾸러 갔다. 가게에 손님들이 들어오고 있었다. 방도 여러 개가 차 있었다.

동전을 들고 돌아오던 행복은 방금 전까지 쓰던 7번 방으로 들어가는 긴 머리 여성을 보며 옆방으로 갔다. 금색이 아닌 500원짜리 동전을 넣자 기계에서 안내가 나오더니 영상과 함께 음악이 흘러나왔다.

영상은 아까 소년이 나온 것과 달랐다. 게임 영상과 비슷했다. 댄서도 아무 말 없이 춤만 출 뿐이었다. 스틱을 흔들면 점수가 올라가는 것은 같았다. 행복은 허우적거리며 춤을 따라 했다. 점수는 75점이었다.

행복은 한 곡을 더 춘 다음 집으로 왔다. 자신의 방 침대에 눕자마자 오랜만에 꿈도 꾸지 않고 달게 푹 잤다.

2

그날 이후로 행복은 수업이 끝나면 '나혼춘'에 갔다. 피아노 개인 레슨을 받는다고 하고, 별 의심 없는 담임선생님으로부터 3개월 짜리 외출증을 끊을 수 있었다. 지킴이실 경비 아저씨는 일주일쯤 지나자 얼굴만 보고 고개를 끄덕할 뿐이었다.

　24시간 무인점포인 '나혼춘'은 언제나 행복을 기다리고 있었다. 행복은 금색 동전을 여러 번 다시 넣어 춤을 배운 다음, 1,000원이나 2,000원을 은색 동전으로 바꾸어 댄스 게임을 하고 돌아왔다.

　댄스 머신에 금색 동전을 넣을 때면 언제나 흑인 소년이 나왔다. 소년은 날마다 전신 스트레칭과 간단한 근력 운동 후에 춤 동작들을 가르쳐 주었다. 춤에는 아이솔레이션뿐 아니라 바운스와 웨이브, 팔 동작과 다리 스텝 등 여러 기본 동작이 있었다. 그것들을 배우는 동안 말랑하던 행복의 팔다리 그리고 배는 어느새 단단해지고 저도 모르는 새 근육까지 붙었다.

　어느 날 행복이 흑인 소년에게 물었다.

　"넌 이름이 뭐야?"

　흑인 소년이 말했다.

　"음. 사람들은 나를 새우라고 불렀지."

　"새우?"

　"내성적이고 부끄러움을 많이 타는 성격이거든. 매사에 자신이 없어 등을 구부리고 다닌다고 새우라고."

　"넌 춤출 땐 완전 날아다니잖아! 엄청 멋있는데."

　새우는 희미하게 웃더니 입을 열었다.

　"난 나를 위한 춤을 추니까. 재능은 없어도 돼. 노력과 연습이면 모두가 가능해. 너도 널 위한 춤을 춰."

　행복이 물었다.

"계속 궁금했는데 혹시 금색 동전에 대해서 알아? 너는 금색 동전이랑 무슨 관계야? 동전의 정령이나 뭐 그런 거야? 댄스 게임 캐릭터는 아닌 거 같은데."

새우가 말했다.

"금색 동전은 누군가가 너에게 준 선물이야."

"그게 누군데?"

새우는 대답 대신 해죽 웃었다.

* * *

하루는 스쿼트를 마치자마자 새우가 박수를 짝 쳤다.

"자, 오늘은 슬라이드를 해 보자."

"슬라이드?"

새우가 말을 이었다.

"너 마이클 잭슨 알지?"

"문 워크 춘 사람?"

"오. 아는구나. 마이클 잭슨에게 문 워크를 가르쳐 준 사람이 누구게?"

"모르겠는데."

새우는 엄지를 치켜세우더니 자신을 가리켰다.

"바로 나야. 정확히 말하자면 나와 내 친구들이지. 자서전에도 나올걸. 세 아이들에게서 문 워크를 배웠다고. 미디어에서는 제프리 대니얼에게서 배웠다고들 하지만 그건 그냥 맛보기였지. 마이클은 제대로 익히려고 나 같은 스트리트 댄서랑 수없이 췄다고."

"진짜?"

새우가 고개를 끄덕였다.

"자, 보여 줄게."

새우는 스텝을 밟았다. 양쪽 발끝을 바깥쪽 시옷 자로 놓은 상태에서 오른쪽 앞에 무게 중심을 싣고 뒤꿈치를 들었다가, 무게 중심을 왼쪽으로 옮기며 앞을 밀었다. 그다음 왼쪽 앞을 들었다가 바깥쪽 뒤로 놓는 동시에 오른쪽 다리를 앞에 끌어다 놓았다.

안짱다리로 모였던 발을 다시 시옷 자로 놓고 또다시 처음부터 같은 동작을 반복. 그렇게 옆으로 이동했다.

새우가 알려 주었다.

"이게 사이드 슬라이드야. 연결하면 미끄러지듯 옆으로 움직일 수 있어. 무게 중심을 옮기며 이 앞꿈치 밀기와 뒤꿈치 놓기를 응용해서 뒤로 가면 백 슬라이드, 일명 문 워크야."

새우는 백 슬라이드를 보여 주었다. 천천히 할 때는 몰랐는데, 빠르게 하니까 정말 뒤로 미끄러지며 가는 것처럼 보였다. 새우가 물었다.

"어때? 따라 할 수 있겠어?"

행복은 절레절레 고개를 저었다.

"무리. 절대 무리!"

새우가 웃었다.

"당장 하라는 건 아냐. 천천히 한 동작씩 알려 줄게. 이것만 하는 것도 몇 달은 걸릴 거야. 제대로 추면 되게 재밌어. 발바닥으로 썰매를 탈 수 있거든."

"그래?"

새우는 고개를 끄덕였다. 행복은 일단 새우가 알려 주는 대로 한 동작씩 따라 하다가 이어 보기를 반복했다. 반질반질한 댄스 방의 바닥에 농구화 밑창이 삐익 삑 미끄러지는 소리가 났다.

행복이 두세 번 이어서 사이드 슬라이드를 할 수 있게 되자 새우가 말했다.

"많이 늘었는데?"

"그래?"

새우가 말했다.

"잘 안 미끄러지면 스타킹 같은 걸 신고 해 봐."

행복은 편의점에서 판탈롱 스타킹을 샀다. 살 때는 약간 두근거렸지만 아르바이트생 누나는 행복의 얼굴은 쳐다보지도 않았다. 행복은 그걸 신고 연습했다. 제법 스텝이 능숙해지자 새우의 가르침이 이어졌다.

"생각은 그만. 팔이 어떻게 움직이는지, 다리가 어떻게 움직이는지 신경 쓰기 시작하면 전부 다 꼬여 버려. 그냥 움직여."

행복은 열심히 움직였다.

처음에는 벽 거울을 쳐다보지도 못했는데, 며칠 뒤부터는 거울을 힐끔거렸다. 그러다가 똑바로 보니까 어색함도 사라지고 자신이 생각보다 이상하지 않다는 걸 깨달았다. 오히려 괜찮았다. 새하얀 얼굴과 팔다리의 비율도 보기 좋고 박자 감각도 훌륭해 힘을 주어서 동작을 하면 제법 그럴싸했다. 거울을 보면서 연습할수록 자신감도 늘어 갔다.

거울 속 행복은 얼굴이 터져 나갈 듯 밝게 웃고 있었다.

* * *

어느새 3개월이 훌쩍 지나갔다.

행복은 등하교 때, 화장실에서, 운동장에서, 언제 어디서든 다른 사람들 눈에 띄지 않을 때면 스텝이나 팔 동작을 연습했다. 수업 시간에도 목 아이솔레이션을 해 보곤 했다. 그러자 목에 근육이 붙었는지 조금씩 양 옆으로 움직여졌다.

매일 눈을 떠서 잠들 때까지 춤 연습을 했다. 뭔가에 홀리기라도 한 것처럼 같은 동작을 추고 또 다르게 추고 다시 한번 더 추었다. 춤을 추어야 살아 있는 느낌이었다. 추지 않을 때는 지루하고 무미건조하게 시간이 흘러갔다.

하지만 피아노는 전혀 치지 않고 있었다. 마녀가 방과 후에 부르지 않았다면, 팬데믹 때문에 온라인으로 개최하는 국제 피아노 콩쿠르의 원서 접수가 시작된 것도 알지 못했을 터였다.

학생들 사이에서 마녀로 통하는 음악 선생님 권리하는 끝이 뾰족하게 올라간 빨간 테 안경을 쓰고 미간을 찌푸리고 다녔다. 손에는 흰 장갑을 끼고 다녔는데, 여러 설이 있었지만 행복은 리하를 관찰하다가 이유를 알았다.

권리하는 아토피 피부염을 앓았다. 손가락부터 손등까지 붉은 부스럼이 났고, 심해질 땐 팔까지 붕대를 감고 있었다. 리하에게 붙들린 행복은 꼼짝없이 피아노실에 갇혔다. 자그마한 리하는 가느다란 지도 봉으로 피아노 뚜껑을 탁탁 치면서 말했다.

"보자."

행복이 악보를 펼치자 먼지가 날렸다. 콩쿠르 예선 곡은 바흐의 '토카타 914번'과 쇼팽의 '에튀드 1번 다장조 승리'. 리하는 짜증이 가득한 얼굴로 악보를 탁 덮으며 말했다.

"아직도 보려고?"

행복은 기억나는 대로 더듬더듬 쳤다. 학기 초에 한두 번 쳤으니 제대로 칠 리 없었다. 바흐도 쇼팽도 마찬가지였다. 연주가 끝나자 리하는 휴, 하고 한숨을 쉬더니 행복을 노려보았다.

리하가 말했다.

"원서는 접수한 거야? 올해는 이것만 참가한다고 해서 조성진이나 손열음처럼 작정하고 국제적으로 나가려고 결심했구나 싶었는데, 예선 준비가 이러니 준결승 악보는 받아 보지도 못하겠네!"

행복은 선생님이 화를 내니 당황해서 머릿속이 하얘진 상태로 건반만 보았다.

리하가 말했다.

"레슨 받았다는 것도 거짓말이지?"

안경 속 리하의 두 눈이 빛나더니 갑자기 피아노 건반 뚜껑을 쾅 하고 닫았다. 행복은 손가락을 거두며 의자에 앉은 채로 물러났다. 의자가 연습실 벽에 쿵 하고 부딪혔다.

리하가 외쳤다.

"나가! 나가라고!"

행복은 밖으로 달려 나왔다.

교문에 도착하니 경비 아저씨가 행복을 보고 고개를 까딱 움직였다. 그 동작도 살짝 튕기는 것처럼 리드미컬해 보였다.

달리기를 멈추자 심장이 두근거리고 머리부터 발끝까지 온몸이 쿵쿵 울렸다. 귓속에서 울리는 심장 박동은 음악처럼 들렸다. 주변을 둘러보니 도로를 달리는 차들도, 걷는 사람들도, 깜빡이는 불빛들도 모두 저마다의 박자에 맞춰서 자신만의 춤을 추고 있었다.

* * *

한달음에 '나혼춘'으로 달려간 행복은 우뚝 멈춰 섰다. 간판 불이 꺼져 있었다. 입구까지 올라가 보았지만 "재정상 영업을 중단합니다."라는 안내장이 붙어 있을 뿐이었다. 주머니 속 동전을 만지작거리던 행복은 한참 후에야 발길을 돌렸다.

어느새 거리는 어둑어둑해졌다. 집에는 아무도 없었다. 행복은 침대에 털썩 엎드렸다. 그러다가 자기도 모르게 음악을 찾았다. 앱을 켜서 블루투스 스피커로 음악을 틀었다.

요즘 행복은 조성진의 '녹턴'도, 손열음의 '메디테이션'도 듣지 않았다. 스피커에서는 마이클 잭슨의 '리멤버 더 타임'이 나왔다. 새우는 마이클이야말로 아이솔레이션의 제왕이라며 틈이 날 때마다 마이클 잭슨의 노래들에 맞춰 목을 까딱거려 보라고 했다.

행복은 목을 까딱거려 보았다. 몸을 제자리에 두고도 목이 오른쪽 왼쪽 원하는 대로 몇 번이고 움직였다. 음악은 '스릴러', '스무스 크리미널'로 이어졌다. 행복은 내친김에 방바닥을 미끄러지듯 사이드 슬라이드와 백 슬라이드를 하며 노래를 흥얼거렸다.

행복은 자신의 몸을 마음대로 흥겹게 움직이며 동작에만 집중한 채로 최선을 다했다. 한참 춤을 추고 나자 마침내 뿌듯한 피로감이 몰려오며 온몸에 땀이 흘렀다. 시원한 물로 씻고 침대에 누우니 잠이 솔솔 왔다. 행복은 그대로 잠들었다.

3

아침에 일어나 보니, 어머니 조미선이 부엌 가스레인지 앞에 서 있었다. 미선은 요즘 새벽에 나가 밤늦게 들어왔는데, 오늘은 웬일인지 집에 있었다. 행복은 긴장한 표정으로 식탁에 앉았다.

행복이 말했다.

"아, 안녕히 주무셨어요?"

"그래."

미선은 김이 무럭무럭 나는 소고기 무국을 떠서 앞에 놓아 주었다. 행복이 가장 좋아하는 음식이었다. 미선은 행복이나 율리에게 해야 할 중요한 말이 있으면 아들과 딸이 가장 잘 먹는 음식을 차려 놓고는 배가 부른 상태에서 말하곤 했다.

율리도 아침 인사를 하고 식탁에 앉았다. 행복은 밥과 국에만 시선을 둔 채 열심히 먹었다. 미선 역시 조용히 식사를 할 뿐이었다. 숨 막히는 침묵 속에 율리만 둘의 얼굴을 번갈아 가며 살폈다.

마침내 행복이 일어서며 말했다.

"잘 먹었습니다."

"잠깐 앉아 봐."

행복은 도로 앉았다.

미선이 말했다.

"음악 선생님이 전화하셨어. 연습을 하나도 안 했다면서?"

율리가 국을 떠먹다가 사레가 들려 캑캑 기침을 했다. 물을 마셔 겨우 기침이 멈추자 율리는 행복과 미선을 번갈아 가며 보았다.

율리가 물었다.

"뭐? 진짜? 왜?"

미선 역시 물었다.

"왜 그랬니?"

행복은 텅 빈 국그릇에 시선을 고정한 채로 말이 없었다.

피아니스트는 돌아가신 아버지의 꿈이었다. 아들이 꿈을 대신

이뤄 주길 바란다고 말한 적은 한 번도 없지만, 행복이 피아노를 연주할 때마다 가장 기뻐하던 사람은 아버지였다. 아버지의 지친 얼굴은 아들의 연주를 들을 때만은 부드러워지고는 했다.

행복이 잠자코 있자 미선이 말했다.

"이번 콩쿠르는 나가지 않아도 돼. 하지만 대답은 꼭 들려주렴. 기다리고 있으마."

"네."

행복은 꾸벅 고개를 숙이고 방으로 돌아와 등교 준비를 했다. 교복을 입고 가방을 챙기면서 9년 동안 부모님이 자신에게 들인 비용과 걸었던 기대에 대해 생각해 보았다. 거울에 비친 행복의 표정은 어두웠고 어깨는 구부정했다.

등굣길. 행복은 평소처럼 스텝을 밟거나 팔 동작을 연습하지 않고 땅만 보고 걸었다.

* * *

어느새 교실 뒷문.

문을 열고 들어선 행복은 발 하나를 보았다. 흑백 삼선 슬리퍼를 신은 큰 발이었다. 발에 걸린 순간, 행복은 중심을 잃었지만 눈 깜짝할 사이에 배에 힘을 주고 한 바퀴 굴러 바닥에 착지했다. 몸이 저도 모르게 움직였다.

주변에서 오! 하는, 놀라움 담긴 웅성거림이 일었다. 행복이 일어나서 몸을 돌리자 가무잡잡한 얼굴의 서창민이 인상을 잔뜩 쓰고는 행복에게 주먹을 날렸다. 행복은 반사적으로 옆으로 피했다가 가슴 아이솔레이션을 하며 한 바퀴 돌아 제자리로 돌아왔다. 연달아 목까지 오른쪽으로 두 번 까딱거렸다.

같은 반 아이들이 외쳤다.

"쟤, 뭐 하는 거니?"

"이행복 춤춘다!"

행복은 창민에게 왼쪽 눈으로 윙크를 하고 오른손을 까딱까딱했다.

창민이 다시 주먹을 날리며 외쳤다.

"이게 죽으려고!"

이번에는 윗배로 향하는 주먹이었다. 행복은 뒤로 누우며 피했다가 반동을 주면서 튕기듯이 일어났다. 그런 다음 골반을 양쪽으로 튕기면서 기타 치는 흉내를 냈다.

행복이 말했다.

"아니. 살려고."

아이들이 웃음을 터뜨렸다. 창민 패거리마저 행복이 하는 양을 지켜보고 서 있었다. 창민만 행복을 잡아먹을 듯이 노려보았다. 그때 수업 시작종이 울렸다. 아이들은 좋은 구경거리가 끝난 것을 아쉬워하는 표정이 역력했다.

* * *

청소 시간.

와글와글 시끄러운 가운데 방송부에서 복고 가요를 틀었다. H.O.T.의 '위 아 더 퓨처' 간주 부분을 들으며 주황색 플라스틱 빗자루로 바닥을 쓸고 있던 행복은 저도 모르게 박자에 맞춰 어깨를 들썩거렸다.

행복은 빗자루를 한 손에 든 채로 슬라이드를 했다. 처음에는 양쪽으로 사이드 슬라이드를 했다가 왼쪽 옆으로 슬라이드를 하면서 바닥을 미끄러지며 누볐다. 빗자루로 스포츠 경기를 하거나, 다리 사이에 끼고 마녀 흉내를 내거나, 혹은 드물게 청소를 열심히 하던 아이들이 하나둘 행복을 쳐다보았다.

행복은 백 슬라이드를 하면서 빗자루를 가랑이 사이로 빠져나가게 해서 쓸었다. 들었다 놨다 앉았다 일어나기도 했다. 옆구리에 끼고 로봇 댄스를 추다가 앞, 뒤, 옆으로 움직이며 슬라이드를 했다. 눕혔다 세웠다 공중에 던졌다 자유자재로 다루었다. 빗자루는 살아 있는 것처럼 행복과 함께 춤을 추었다.

어느새 행복을 빙 둘러싼 아이들이 환호했다. 뒤늦게 교실에 들어온 창민과 패거리들이 아이들을 헤치고 다가왔다. 행복은 문 워크로 물러나 사방을 미끄러져 다니며 춤을 췄다. 창민 패거리는 잔뜩 약이 올라서 쫓아다녔지만 행복은 잡힐 듯 잡히지 않으며 유연하게 빠져나갔다.

김설아

행복은 자신을 쫓아다니는 창민에게 물었다.

"너, 왜 그렇게 나를 싫어하냐? 혜린이 때문에?"

가무잡잡한 창민의 얼굴이 새빨개졌다.

창민은 더듬거렸다.

"뭐, 뭐래?"

행복은 미소 지었다.

"걱정 마. 걔, 나 좋아하는 거 아니다. 왠지 관심이 많은 거 같기는 하지만."

"이게, 아는 척은!"

창민은 한 팔을 들어 행복을 때리려고 했다.

행복이 말했다.

"큰 소리로 말할까? 서창민! 너 강…."

창민의 얼굴이 순식간에 붉어졌다. 창민은 얼른 행복의 입을 막았다. 행복의 코와 얼굴에 창민의 손가락이 닿았다. 두툼하지만 부드럽고 매콤 달콤한 냄새가 나는 손가락들.

"이 냄새는…."

행복이 웅얼거리자 창민이 말했다.

"말 안 할 거지?"

행복은 고개를 끄덕였다. 창민이 손을 거뒀다.

행복이 말했다.

"너도 치킨팝 좋아하나 보네."

창민은 흥, 하더니 무리에서 빠져나갔다. 우두머리가 사라진 패거리는 열없이 흩어졌다.

청소 시간이 끝나고 보충 수업 시간이었지만 행복은 교실에서 나와 복도를 달렸다. '나혼춘'은 아직도 영업 중단 상태였다.

습관적으로 주머니에 손을 넣어 금색 동전을 찾던 행복은 깜짝 놀랐다. 모든 주머니와 가방까지 탈탈 털어 살폈지만 동전은 어디에도 없었다. 교실이나 길에서 흘린 거라면 찾을 가능성은 희박했다. 이제 새우를 못 만나는 건가. 행복은 기운이 쭉 빠졌다.

터덜터덜 집으로 돌아와 가방을 놓고 책상에 앉은 행복은 새 공책을 꺼냈다. 그러고는 편지를 썼다. 몇 번이나 썼다 지우길 반복하는 바람에 결국 완성하지는 못했지만, 그 후로 생각이 날 때마다 다시 꺼내 썼다.

* * *

다음 날.

뒷문에서 행복을 기다리고 있던 사람은 혜린이었다. 혜린과 눈이 마주친 행복은 당황했다. 고양이처럼 생긴 혜린의 두 눈은 정말 컸고, 운 것처럼 눈꺼풀이 연분홍색이었다.

'예쁘다.'

과연 창민을 비롯한 많은 남자애들이 좋아할 얼굴이었지만 행복은 이상하게도 그게 다였다.

혜린이 말했다.

"이 동영상 좀 봐 줄래?"

"동영상?"

혜린은 휴대폰을 내밀었다. SNS의 짧은 동영상이 재생되었는데, 교복 입은 아이들 세 명이 팝송에 맞춰 운동장에서 춤을 추고 있었다. 그중 한 명이 혜린이었다.

행복이 말했다.

"다들 잘 춘다."

"그래?"

아이들은 즐거워 보였다.

행복은 잠시 망설이다가 말했다.

"나도 같이 하고 싶어."

혜린은 빙긋 웃었다.

교내 댄스 동아리의 이름은 '뉴에라'였다. 모자의 이름이기도 하고, 새로운 영역이라는 뜻이기도 했는데 학년별로 회원이 서너 명 있었다. 모두 합하면 열 명. 그들은 단톡방에서 수시로 교류하며 시간이 맞는 사람들끼리 매점, 복도, 교실, 강당, 체육관에서 즉흥으로 짧은 안무를 짜서 춤춘 동영상을 SNS의 동아리 공동 계정에 올렸다.

1학년의 나머지 멤버는 허기진과 허기정으로 일란성 쌍둥이였다. 그들은 혜린이 행복을 소개하자마자 다짜고짜 얼굴을 들이밀었다. 옅은 갈색머리를 양 갈래로 땋아 내린, 똑같이 생긴 흰 얼굴 둘이 동시에 다가오는 바람에 행복은 뒤로 주춤 물러났다.

기진이 말했다.

"이행복, 잘 들어. 이거 아주 어려운 문제니까."

"뭐, 뭔데?"

기정이 말했다.

"배고플 때 초코바랑 감자칩 중 뭘 먹는 게 더 배가 부를까?"

기진이 말했다.

"자, 하나 둘 셋 하면 대답하기다. 하나, 둘, 셋."

기진과 기정은 동시에 말했다.

"초코바!"

"감자칩!"

행복은 눈치를 보다가 조심스레 대꾸했다.

"음… 둘 다?"

기진과 기정은 서로를 마주 보며 눈을 깜빡이더니 외쳤다.

"이거 참!"

"보기 드문 현명한 학생이로세!"

행복은 배시시 웃었다. 기진은 초코바, 기정은 감자칩. 초코바와 감자칩 덕분에 똑같이 생긴 자매를 구분할 수 있게 되었다.

동아리 멤버는 주말이면 댄스 학원에 가서 수업을 듣기도 했다. 시내에는 '원 밀리언', '저스트 절크', '엑스 아카데미' 등 유명 댄서들이 운영하는 학원이 여럿 있었다. 그들의 안무나 수업도 유튜브로 볼 수 있었다. 다들 좋아하는 댄서도 학원도 달랐다.

행복도 유튜브 영상을 보다가 마음에 드는 학원에 가서 수업을 들어 보기로 했다. 혜린도 좋아하는 학원이라 둘 다 인터넷으로 한 시간 수강권을 사서 등록했다. 수업은 초급, 중급, 고급으로 나뉘어 있었는데 혜린이 좋아하는 댄서는 중급 전문이라 행복은 잘할 수 있을지 긴장한 얼굴로 전철을 타고 학원에 갔다.

＊　＊　＊

댄스 스튜디오는 공장들이 즐비한 골목 안쪽에 있었다. 은빛 금속 재질의 건물 외벽은 세련되고 차가운 느낌이 들었다. 스튜디오 안은 회색, 검은색, 흰색의 무채색으로 칠해져 있었다. 행복과 혜린은 티셔츠와 모자 등의 스튜디오 굿즈를 파는 1층을 지나 2층으로 올라갔다.

연습실 앞쪽 회색 소파에는 댄서로 보이는 사람들이 삼삼오오 앉아 잡담을 하고 있었다. 무채색 트레이닝복을 입고 다니던 행복도 뉴에라와 어울리면서 댄서들의 패션에 관심을 가지게 되었다. 행복은 패션 플랫폼 '무신사'에서 산 트레이닝복과 나이키 운동화 차림이었다.

수업이 시작되자 일본인 댄서인 유메키는 스트레칭부터 시작했다. 플랭크까지 마친 다음 연습실 구석에 놓인 블루투스 스피커로 새로운 팝송을 튼 그는 영어로 수업을 진행했다. 나이는 행복과 크게 차이 나지 않아 보였다. 고작해야 한두 살 더 많아 보였다.

나이키 조거 팬츠에 체크 셔츠를 입은 유메키의 키는 행복보다 조금 컸고, 몸은 비슷하게 말랐지만 근육이 많아 더 탄탄해 보였다. 자신이 창작한 안무를 네 구간으로 나누어서 천천히 알려 준 그는 음악에 맞춰 점점 속도를 빠르게 하며 열 명 남짓한 수강생들과 같이 동작을 반복했다.

유튜브에서 본 동영상에서는 수강생이 더 많았지만 코로나 바이러스 때문에 오프라인 수업 듣는 사람들이 확 줄어든 것 같았다. 다들 마스크를 코까지 눌러 쓰고 구슬땀을 흘리면서 춤을 따라 추었다.

수강생은 행복과 같은 고등학생부터 초등학생, 중학생, 대학생, 직장인, 중년, 백인, 라틴계, 흑인까지 나이와 국적이 다양한 편이었다. 행복은 유메키를 보면서 열심히 따라 하는 동시에 다른 사람들의 몸과 동작을 계속 관찰했다.

서로 아무런 대화를 하지 않아도 춤 하나로 통하는 시간이었다. 같은 동작인데도 모두 다른 방식으로 움직였다. 유메키도 자신이 가르쳐 주는 것은 하나의 방법일 뿐 춤에는 문법도 정답도 없다고 했다. 자기 느낌대로 자유롭게 추는 구간도 있었다.

수업이 끝나자 소파에서 잡담을 하고 있던 댄서들이 여럿 들어와서 동영상 촬영을 시작했다. 행복과 혜린은 연습실 구석에 서서 다른 수강생들과 함께 환호하며 구경했다. 카메라맨은 동그란 핸들이 달린 카메라로 그들을 가까이서 혹은 멀리서 찍으며 동작을 잘 담아냈다.

집으로 돌아오는 전철 안.

출입구 손잡이에 기대선 혜린이 차창 밖을 보며 말했다.

"어땠어?"

행복이 잠시 숨을 들이마시고 나서 속사포처럼 자신의 감상을 쏟아 냈다.

"잘 춘다는 말만으로는 부족할 정도로 엄청나더라. 완전 음악을 갖고 놀던데? 동작은 큰 데다 박자도 칼같이 딱딱 맞추고. 표현력이나 분위기나 몰입한 표정까지 정말 굉장했어. 와, 나도 저렇게 출 수만 있다면 소원이 없겠다 싶을 정도로."

혜린이 피식 웃었다.

"너, 이렇게 말 많이 하는 거 처음 봐."

행복이 대꾸했다.

"그래? 나도 흥분하면 시끄러워. 평소에는 주로 듣는 편이지만. 제대로 표현하거나 전달할 방법이 떠오르지 않으면 가만히 있는 게 나을 때도 많은 거 같아서. 싸우는 거 정말 안 좋아하니까."

"그렇구나."

둘은 잠시 말이 없었다.

혜린이 말했다.

"나는 음악을 하고 싶어. 그래서 입학식 날부터 음악 특기생이라는 너한테 관심이 갔어."

행복은 그제야 가끔 자신을 빤히 쳐다보던 혜린의 시선이 이해
가 갔다.

행복이 고개를 끄덕였다.

"그랬구나."

행복이 말을 이었다.

"난 이제 피아노 안 쳐. 대신…."

행복이 씩 웃었다.

"춤을 추지."

혜린이 고개를 끄덕였다.

"나도 그래. 춤으로 음악을 표현할 거야. 사람들에게 내 스타일
을 보여 주고 싶어. 그래서 어떻게 하면 될까 고민하다가 찾았지. 내
가 생각하는 거랑 가장 비슷한 게 아이돌이더라."

행복이 눈을 크게 떴다.

"진짜? 그건 뽑히는 것부터가 힘들다던데."

혜린이 맞장구쳤다.

"힘들어. 동아리 활동이나 학원에 원정 다니는 건 재미로 하는
거야. 방과 후에 정식으로 댄스 강습이랑 보컬 레슨 받고 있어."

"대단하다."

"딱히 그렇지도 않아. 나는 늦은 편이야. 같이 배우는 애들 중
에 초등학생도 많아. 본격적으로 하려면 종일 연습해서 빨리 오디
션에 합격하는 게 좋은데, 학교도 포기하긴 싫거든."

전에는 피아노와 창민이 있는 지루하기만 한 학교였지만, 뉴에

라와 혜린을 알게 된 후로 행복도 나름대로 학교생활이 즐거웠다.

행복이 고개를 끄덕이자 혜린이 말했다.

"너는 이제 어떻게 할 거야?"

"생각하고 있어."

행복은 권리하가 피아노 뚜껑을 쾅 하고 닫은 이후로, 미선이 대답을 들려 달라고 한 이후로 계속 고민 중이었다. 자신은 앞으로 뭘 하고 싶은지, 어떻게 살고 싶은지. 할 말을 정리하려고 공책에 썼던 편지도 몇 번이나 찢어 버리고 아직 완성하지 못했다.

여러 가지로 생각해 보던 행복은 문득 처음 춤을 추게 된 날부터 지금까지 춤출 때의 기분을 떠올려 보았다. 그러자 새우가 떠올랐다. 현실의 갑갑함에 몸부림치고 있던 자신을 구하고 춤의 세계로 인도해 준 사람. 그러자 새우의 나라로 가고 싶어졌다.

누구나 다 아는 마이클 잭슨의 나라가 아닌, 자신만이 아는 마이클 잭슨의 숨은 춤 선생님인 새우의 나라로 말이다.

* * *

마녀의 귀에도 행복의 이야기가 들렸는지, 하루는 행복을 불러 진지한 표정으로 물었다.

"피아노는 안 칠 거니?"

"네."

권리하는 붕대 감지 않은 손을 척 내밀면서 말했다.

"그동안 수고 많았어."

"아, 네."

권리하는 행복의 귓가에 속삭였다.

"음악의 신에게서 풀려난 걸 축하해. 이제 춤의 신이 널 사로잡았네. 예술의 축복이 항상 너와 함께하길."

빨간 안경테 너머 눈웃음을 짓는 리하는 전보다 젊어 보였다. 화를 내지 않으니 표정도 부드러웠다.

행복이 말했다.

"선생님도 피부 나으시길 바라요. 그동안 감사했습니다."

행복은 고개를 꾸벅 숙였다. 리하는 붕대 감은 손을 어루만지며 묘한 표정을 짓더니 이내 고개를 숙였다.

교실로 돌아왔더니 책상 위에 치킨팝 닭강정맛이 놓여 있었다. 행복은 교실을 둘러보며 창민을 찾았다. 뒷문에 기대 서 있던 창민은 눈이 마주치자 쉿! 하며 입술에 손가락을 갖다 댔다. 과자 포장지에는 작고 노란 포스트잇이 붙어 있었다. 포스트잇에는 검은 볼펜으로 삐뚤빼뚤한 글자가 써져 있었다.

'뇌물 아님.'

행복은 창민을 향해 과자를 흔들며 웃었다.

* * *

3주 뒤, 휴대폰 알람에 잠이 깬 행복은 물끄러미 화면을 바라보왔다. 콩쿠르 예선 날이었다. 좋은 냄새가 나서 방에서 나와 보니 부엌 불이 켜져 있었다. 미선이 가스레인지 앞에 서 있었다.

"안녕히 주무셨어요?"

어머니가 손짓했다.

"이리 와 봐."

어머니는 뜨거운 김이 무럭무럭 올라오는 냄비에서 숟가락으로 무국을 한 술 뜨더니 호호 불어 행복에게 내밀었다.

미선이 물었다.

"어때? 간이 맞아?"

행복은 고개를 끄덕였다. 이러고 있자니 어린 시절로 돌아간 것 같았다. 수저를 놓고 밥 먹을 준비를 하자 율리도 부스스한 머리로 방에서 나왔다. 세 식구는 갓 지은 밥과 국, 반찬을 앞에 놓고 서로에게 인사했다.

"잘 먹겠습니다."

밥을 먹는 동안 행복은 무슨 말이라도 하고 싶었다. 하지만 여전히 말로 하는 것이 힘들었다. 율리는 휴대폰 화면만 쳐다보고 있었다. 밥상에는 침묵이 흘렀다.

마침내 행복이 식사를 마치고는 말했다.

"저, 어머니. 제가 왜 피아노 연습을 못 했냐 하면요, 그건…."

행복은 결국 어머니에게 편지 봉투를 내밀었다. 그런 다음 고개를 꾸벅 숙이고 나갔다. 율리도 학교에 가고 나자, 미선은 봉투에서 편지를 꺼내 읽었다.

사랑하는 어머니께.

먼저 고맙다는 말씀을 드리고 싶어요.

그동안 제가 피아노를 칠 때마다 많은 응원을 해 주시고 아낌없이 지원도 해 주셔서요.

하지만 저는 더 이상 피아노를 치고 싶지 않아요.

여전히 음악을 좋아하지만 피아니스트가 제 꿈은 아니에요.

저는 그냥 아버지를 기쁘게 해 드리고 싶었을 뿐이에요.

제가 정말 좋아하는 건 춤이에요.

저는 춤을 추고 싶어요.

춤을 출 때면 살아 있는 기분이에요.

모든 것들이 사라지고 온몸이 타올라 새처럼 훨훨 날아가는 느낌이 들어요.

음악 특기생으로 들어간 일반고지만, 이제 그냥 학생이 되어 춤을 추면서 살래요.

교내 댄스 동아리에도 들었고, 그 애들과 춤추면서 살아가는 방법을 탐색하고 있어요.

가능하다면 춤을 배우러 멀리 가고 싶기도 해요.

더 넓은 세계에서 더 많은 사람들을 만나서 함께 춤을 추고 싶어요.

물론 어머니의 허락이 필요하겠지만요.

제 춤이 궁금하시다면 SNS에서 @뉴에라를 검색해 보세요.

동영상에 저도 나올 거예요.

이제 제가 어머니의 대답을 기다릴 차례네요.

- 아들 행복 올림

미선은 휴대폰을 열어 아들이 알려 준 앱을 깔고 아이디를 검색했다. 아들이 나오는 동영상을 보는 미선의 눈이 점점 커졌다. 아들은 미선이 소망하던 대로 행복하게 반짝반짝 빛이 나고 있었다. 이런 아들에게서 춤을 빼앗는다는 건 너무 잔인한 일이었다.

　미선은 마른세수를 한 다음 아들의 미래를 위해 준비해 두었던 유학 자금에 대해 생각해 보다가 휴대폰 알람을 듣고 얼른 의자에서 일어났다. 벌써 출근 시간이었다.

* * *

　3개월 뒤.

　행복과 율리, 미선은 인천 공항에 도착했다. 짐을 부치고 백팩만 맨 행복은 미선과 율리를 보며 말했다.

　"잘 다녀올게요. 너무 걱정 마세요."

　운전해서 공항까지 오는 동안 어학원과 댄스 스튜디오와 숙소의 위치 확인이며, 애정과 걱정으로 가득한 잔소리를 계속하던 미선은 아들을 품에 꼭 안았다.

　한참 끌어안고 있던 미선이 마침내 말했다.

　"우리 아들, 많이 컸구나. 잘 다녀와."

　행복이 율리에게 말했다.

　"이율리, 너도 자주 연락해."

　율리는 눈을 반짝이며 엄지를 척 내밀었다.

　"미국 가서도 다 찢어 버리고 와! 알았지?"

　미선은 놀란 표정을 지으며 반문했다.

"뭘 찢어 버려?"

율리가 중얼거렸다.

"애들끼리 하는 말이야. 찢고, 뿌시고, 아우 시원해…."

미선은 고개를 갸웃거렸다.

그때 멀리서 누군가 크게 외치는 소리가 들렸다. 높고 가는 목소리였다.

"행복아!"

혜린이었다. 다른 뉴에라 멤버들도 모두 배웅을 나왔다. 기진과 기정 자매, 형과 누나 들이 저마다 한마디씩 하며 행복의 어깨를 툭툭 두드리고 행운을 비는 작별 인사를 했다.

행복이 가족과 뉴에라 멤버들에게 손을 흔들어 보이고는 입국 심사대로 들어가는 문을 통과하자마자 누군가 행복을 불렀다. 나지막하지만 왠지 익숙한 목소리였다.

"여기."

목소리의 주인공을 본 행복은 눈을 크게 떴다. 몇 달 전 길거리에서 금색 동전을 줬던 노숙자였다.

'왜 여기에?'

그의 손바닥에는 반짝반짝 빛나는 금색 동전이 놓여 있었다. 잃어버린 동전이었다.

행복이 받아 들자 노숙자가 씩 웃었다.

"그래, 인생이 바뀌었나?"

행복은 노숙자를 뚫어져라 쳐다보았다. 새우의 말도 떠올랐다.

이 동전은 누군가가 자신에게 준 선물이라던 말.

'혹시 그 누군가는?'

행복이 입을 열었다.

"아버지가 당신에게…."

노숙자는 그만하라는 듯이 한 손을 번쩍 들더니 살랑살랑 흔들고 뒤돌아 가 버렸다. 행복은 노숙자의 뒷모습이 사라질 때까지 물끄러미 바라보았다.

입국 심사를 마치고 비행기표를 확인한 행복은 점퍼 주머니에 넣은 금색 동전을 만지작거리며 혼잣말을 했다.

"새우, 이제 너의 나라로 간다."

꿈을 꾸며

박훌륭

살면서 깨달은 것이 있습니다.
꿈은 달성해야 하는 목표가 아닌, 항상 함께하는 것이라는 거죠.
꿈을 꾸는 사람은 조금씩이라도 하루하루 성장할 수 있습니다.
그렇게 성장하다 보면 10년 뒤의 나는 지금보다 훨씬 커 있을 겁니다.
꿈과 친해지면 좋겠습니다. 생각만 하면 아득히 멀리 있는
그런 것이 아닌, 나와 같이 발전하는 친구로요.

"또 유튜브 보냐? 넌 그래서 안 돼. 춤이 머리로 되냐? 공부하면 되는 줄 아냐고. 직접 해야지. 백날 머릿속으로 프리즈 해 봐라. 그게 되냐. 나한테 형님 좀 알려 주십쇼, 하고 배우면 되는데 참 어렵게도 한다."

"… 조용히 해. 음악 안 들려."

"예전에 너는 꽤 괜찮았어. 예를 들면 여기서 이렇게 방향 전환하면서 시선을 예상 못 한 곳에 두더라고. 사실 그걸 보고 진짜 감탄한 적이 있었거든. 따라 해 보기도 했지."

"왜 나만 보냐. 눈 몰린다. 탈모도 올 텐데 눈까지 몰리면 어떻게 해? 훠이~ 니 방 가라. 나 지금 잠깐 쉬는 시간에 이거 보는 거야."

"탈모 같은 소리 하고 있네. 안 그래도 연습하러 간다."

* * *

형! 큰일 났어요. 민수 형이 연습하다 머리를 찧었어요. 지금 병원인데 정신을 못 차려요. 빨리 와 보셔야 할 것 같아요!!

꿈을 꾸며

'이놈이 결국….'

난 민수 절친 이준이의 문자에 보충 수업이고 뭐고 교실을 뛰쳐나갔다.

응급실 침대에는 민수가 호흡기를 달고 누워 있었다. 시트에 선명한 핏자국이 보였다. 그걸 보니 마스크를 쓰고 있는데도 비릿한 피 냄새가 나는 것 같았다.

"야! 니가 뭐라고 파워무브를 해? 내가 그렇게 말했는데!"

"조용히 좀 해 주세요! 보호자분이세요?"

"네… 제가 형입니다."

"혹시 부모님 안 오셨나요? 검사해 봐야 알겠지만 의식이 빨리 돌아올 수도 있고, 아닐 수도 있거든요."

"바로 연락할게요. 근데 머리를 심하게 다친 건가요? 설마 죽지는 않겠죠? 피가 많이 난 거예요? 다른 데는 안 다친 거예요? 일어나긴 하겠죠?"

"아… 일단 진정해요. 저희가 기본적인 상태는 체크했는데 다른 곳은 크게 다친 곳이 없고, 머리를 벽이랑 바닥에 찧고 나서 이렇게 됐다고 하니 뇌진탕 증상으로 보입니다. 근데 빨리 안 깨어나면 이 상태가 오래갈 수도 있어요. 뇌는 워낙 복잡한 기관이라…. 지금은 지켜보는 수밖에 없어요."

"아… 얘, 오디션 봐야 하는데… 2차가 보름밖에 안 남았어요. 그 전에 일어날 수 있을까요?"

"글쎄요. 그건 지금 아무도 몰라요. 지켜보는 수밖에는."

절망적이었다. 민수는 그 상태로 이틀을 누워 있었다. 그렇게 꿈에 그리던, 공영 방송국이 기획한 오디션 프로그램에 출연해서 꽤 호평을 받으며 1차 오디션을 통과한 상태였다. 2차는 팀 미션이라 연습할 시간을 주기 때문에 보름의 시간이 있지만 언제 깨어날지 모르고, 깨어난다고 해도 바로 춤을 출 수 있을지 모르는 상태. 그야말로 절망적이었다. 더 표현할 말이 없었다. 10년을 키워 온 꿈을 이렇게 포기해야 한다니.

그런데 이유는 모르겠지만 누워 있는 동생을 본 순간 희미하게 온몸을 따라 올라오는 느낌이 있었다. 내가 대신할 수 있을 거라는 느낌.

"몸치도 이런 개몸치가 없다. 우리 집에서 니가 가장 뻣뻣해. 그나마 공부 잘하니 사람 구실 하지. 아유, 넌 댄서는 아닌 거 같다."

귀에 못이 박히도록 들은 민수의 핀잔, 더 듣고 싶다. 내 스텝 하나하나, 시선 하나하나를 유심히 보는 눈길이 그립다.

헤일로라고 했다. 민수 뒤통수를 뽀갠 것이. 평소 하던 거나 할 것이지…. 먹어 봐야 똥인 줄 안다. 그러다 늘 이렇게 뒤통수를 맞는다. 멍청한 놈. 무식한 놈. 아니, 근데 헤일로가 그렇게 위험한 거였던가?

꿈을 꾸며

* * *

　누군가에겐 알려야 했다. 가장 먼저 생각난 곳은 민수네 팀이었다. 오디션 프로그램에 참여하기로 되어 있었으니 당연했다. 민수가 쓰러진 다음 날, 망원동에 있는 연습실로 갔다. 여느 연습실처럼 허름한 건물 지하에 있었다. 계단을 내려가며 맡은 퀴퀴한 곰팡내가 응급실에서 맡았던 비릿한 피 냄새와 비슷하게 느껴졌다. 연습실 문을 여니 민수가 늘 이야기했던 덩치 큰 사람이 눈에 들어왔다. 리더 중기 형인 것 같았다. 찡그린 얼굴을 보니 민수 이야기를 하고 있는 것 같았다.

　"민수, 아직도 연락 안 돼? 왜 연락이 안 되는 거야? 걔가 오프닝으로 길 잡아 줘야 하는데."

　"제가 다시 연락해 볼게요. 이렇게 연락 안 되는 애가 아닌데…. 아! 저기 왔네요!"

　"야! 이민수. 너, 왜 연락이 안 된 거야?"

　연습실에 들어서기 무섭게 중기 형은 나를 다그쳤다. 비니를 긁적거리는 모습이 민수로 보이는 모양이었다.

　"아, 정말 죄송합니다. 저는…."

　"시끄럽고, 우리 시간 없어. 지수가 가서 봤다는데 레드 팀이랑 블루 팀 퍼포 장난 아냐. 근데 어디 아팠어? 얼굴이 핼쑥한데?"

　"아, 그게 제가…."

박훈룡

"죽었다, 죽었어. 정신 하나도 없어. 그리고 너! 헤일로 루틴 짜 온다더니 어떻게 됐어? 음악 시작하면 니가 3초 흘리고 스텝 위주로 천천히 밟다가 헤일로 루틴 만든 거 치고 누워 있으면 바로 뒤에 와킹 팀이 나와서 너를 뒤로 밀고 진입하기로 했어. 일단 너는 뒷줄로 가서 숨 좀 고르고 60초 정도부터 퍼포 같이 들어가면 돼. 직접 체크해."

멍해진 내 입에서 뇌를 거치지 않은 말이 나왔다.

"그게… 제가 헤일로 연습을 못 했어요. 몸살 걸려 가지고… 제가 다른 걸로 오프닝 어떻게든 메꿔 볼게요."

"잉? 비트가 급격하게 바뀌는데? 그래서 그렇게 하기로 한 거잖아. 아 모르겠다. 어쨌든 그건 개인 퍼포니까 지금부터라도 따로 시간 내서 연습해. 뭐, 너 정도면 감이 있지 않겠냐?"

중기 형은 의아하다는 듯 한쪽 눈썹을 치켜떴지만 나를, 아니 민수를 믿는 듯했다. 가끔 잊어버리곤 하지만 민수와 난 쌍둥이다. 난 민수에게 일어난 일을 설명하고 연습 못 나온 이유를 말하려 했는데, 어이없게도 거짓말을 하고 말았다.

'내가 왜? 왜 거짓말을 한 거지? 말을 하라고, 민수가 머리를 다쳐서 의식이 없다고 말을 하라고!'

분명하다. 순간적으로 민수 대신 내가 하고 싶었던 거다. 늘 민수가 부러웠다. 그래서 이런 무대에 한 번이라도 서 보고 싶었던 거다. 난 형용할 수 없는 죄책감에 한동안 연습실을 못 갔다. 그렇게 일주일이 흘렀다.

꿈을 꾸며

* * *

"오와하암! 넌 역시 비보잉은 아니야. 스탠딩이 훨 낫네. 니 장점이 훨 씬 잘 드러나. 시선 처리 좋고, 가끔 엉뚱하기도 하지만 예측 못 한 무빙도 나오고, 파핑이 딱인데?"

비니를 긁적이고 하품을 하며 민수가 말했다.

"시끄러. 너한테 평가받고 싶지 않아."

"나처럼 이렇게 옆에서 따끔한 조언도 해 주는 사람이 있으니까 니가 영상만 보는데도 성장하는 거야. 그걸 모르냐? 내가 그래도 꽤 알아주는 댄서거든. 하하하."

그놈은 느리게 한 단어, 한 단어 박자에 맞춰 풋워크를 하다 한 손 프리즈를 했다.

민수는 이제 막 고등학교에 진학했지만 천재라는 소리를 들으며 프로 댄스 팀에서 활약했다. 어릴 때부터 함께 춤을 좋아했던 나는 중학생 때부터 대외적으로 춤을 포기했다. 거기엔 부모님도 한몫했다. 아빠는 쭉 공기업을 다녔고 엄마는 선생님이었다. 어릴 때는 당신들도 대학교 다닐 때 댄스 동아리였다면서 우리가 같이 춤추는 걸 귀여워했는데, 중학교 들어가자마자 태도를 싹 바꿨다. 부모님이 멀쩡한 직업 가지고 사는데 춤 따위를 추게 할 수 없다고 반대했다. 춤은 취미일 뿐이라고, 대학 들어가서 추면 된다고 했다. 나는 집안이 시끄러워지는 게 싫었다. 화목하고 조용한 집이길 바랐다. 하지만 민수는 달랐다. 대놓고 반항했고 자기 인생을, 자기 꿈을 무시하지 말라고 대들었다. 연습실에서 먹고 자고, 집에 들어오는 날이 드물었다. 결국 엄마, 아빠는 민수를 포기했다. 용돈도 주지 않았다. 민수는 소원 성취를 해서 좋았을지 모르겠지만 나는 이 상황조차도 불편했다. 가족끼리 각을 세우고 있는 것이 싫었고, 집안의 평화를 위해 나를 희생했는데도 그게 당연하다는 듯 생각하고 행동하는 엄마, 아빠 그리고 민수까지 모두 미웠다.

딱 그 감정만큼 나는 공부에 파고들었다.

'꽤 괜찮은 대학교에 가서 보란 듯이 춤을 추고 말리라.'

다행인 건 공부에 소질이 있었다. 역시 공부는 엉덩이로 하는 거였다. 오래 앉아서 하다 보면 조금씩 성적이 올랐다. 엄마, 아빠 눈에는 마뜩잖았겠지만 나는 철저히 계획적으로 공부해서 성적을 올렸다. 그리고 시간 대비 효율이란 말은 없는 셈 치고 시간을 엄청나게 투자했다. 그게 내 공부법이었다. 이런 공부법은 나 이외에 모두를 만족시키는 방법이었다. 맨 먼저 일어나서 공부했고, 엄마, 아빠와 함께 아침밥을 먹고 학교에 갔다. 보충 수업까지 꽉꽉 채운 후에는 독서실에서 공부했다. 가족 중에 가장 늦은 귀가와 취침은 당연했다. 어쩌면 나는 알리바이를 만들고 있었는지도 모르겠다. 이정도는 해야 쉬는 시간에 잠깐 유튜브를 보는 것이 눈치 보이지 않았다.

그러던 어느 날, 나에겐 꿈같은 일이 민수에게 일어났다.

"야. SAM이 저지로 나오는 배틀에 가서 저지 쇼 보고 싶은데, 안 되겠지? 주말에 하잖아. 엄마, 아빠 다 집에 계시겠지?"

"영상 찍어다 줄까?"

"오~ 웬일이야, 니가. 좋은 일 있어?"

"형이라고 불러 봐. 알려 줄게."

"됐어. 만 원 줄게, 영상이나 찍어 와라. 요새 한계에 부딪혔다. 새로운 영감이 필요해."

민수는 갑자기 씩 웃더니 허공을 보며 말했다.

"나, k.net에서 하는 댄스 프로그램 나간다? 우리 팀 다 같이 나가."

"헉. 우와!! 진짜야? 거기 저지로 유명한 댄서 다 나오던데. SAM도 나오지 않아?"

"내가 거기서 1등 먹고 유명해지면 형이라고 불러라. 낄낄."

"넌 파이널 올라가지도 못 할 거다. 저지가 그 정도면 대한민국 천재들 다 나와."

"두고 보면 알겠지. 난 한다면 하니까! 내가 이날을 얼마나 기다렸는데! 임팩트 빡 줘서 뜬다. 두고 보라고!"

"네… 그래요. 근데 좀 비켜 주실래요? 화장실 가야 하거든요."

어이없게도 민수는 꽤 찬사를 받으며 1차를 통과했다. 민수가 뗀 첫발에 나도 심장이 두근거렸다. 하지만 내색하지 않고 애써 관심 없는 척했다. 민수에게 부담을 주기도 싫었지만 부러워하는 감정도 들키기 싫었다. 아무리 부러워도 그때의 나는 할 수 없는 일이기 때문이었다. 어쩌면 질투한 것일 수도….

민수는 그런 내 마음을 아는지 모르는지 뭘 하기 전에 꼭 나에게 물어봤다.

　"2차는 팀 미션인데 뭐 해야 될까?"

　"나 지인짜 오랜만에 연습 중이니 말 좀 걸지 마라. 형들이 알아서 하겠지. 난 비보잉 손 놓은 지 오래됐잖아."

　"아… 팀 미션은 혼자 튀기가 힘든데. 단체 퍼포라서 비보잉이 좀 불리한 것 같아. 오프닝 아니면 클로징에 임팩트를 주는 수밖에 없는데, 파워무브 루틴 짜서 할까?"

　민수는 또 비니를 긁적이며 말했다. 뭔가 집중할 때 나오는 민수의 습관, 혼자 돋보이려는 계획을 세우는 게 분명했다.

　"야! 너, 파워무브 제대로 안 한 지 몇 년 됐는지 생각이나 하고 말해. 깔짝거릴 생각이면 아예 하지 마라. 그리고 머리나 좀 감고 와서 생각해. 주변이 깨끗해야 머리도 돌아가는 거야."

　"헤일로 콤보 같은 거 할까?"

　나도 모르게 픽, 콧방귀가 나왔다. 헤일로라니. 그거 하나로는 절대 돋보일 수가 없고 무조건 뭔가를 함께 해야 하는 그걸 한다니. 더군다나 민수는 요즘 파워무브를 메인으로 하지 않았다. 아직 특별한 계획은 없는 것이 분명했다.

　"뭐랑 섞을 건데?"

　"있어. 좀 어려운 거."

"아서라. 그러다 한 방에 훅 간다."

나는 '훅'에 힘주어 다리 팝을 줬다. 요즘 다리에 힘이 안 들어간다. 공부한다고 앉아만 있어서 그런지 다리 팝이 예전처럼 강하게 잡아 주는 느낌이 없다. 민수는 아랑곳하지 않고 입꼬리를 실룩거리며 말했다.

"헤일로 황제 HONG이 저지로 나온단 말이야! 내 우상이 나온단 말이지! 그럼 개성 있게 헤일로 몇 번 치고 중간중간에 윈드밀 넣고 나인틴 돌고 프리즈는 해 줘야지! 낄낄. 설레는구먼."

"그걸 한다고? 그냥 상탈 한 번 정도 어때? 전에 HONG이 어디서 헤일로 하면서 상탈 두 번하는데… 완전 지리더라. 야, 근데 아무리 너라도 단기간에 헤일로 콤보는 무리야. 적당히 해라. 그리고 너, 헤일로 계속하다가 탈모 온다? 알지?"

"HONG한테 눈도장 받고 싶거든. 난 HONG의 뒤를 잇는 한국 전설이 될 거라서. 낄낄."

민수의 고집 센 표정에는 분명 HONG한테 눈도장을 받고야 말겠다는 열의가 담겨 있었다. 하지만 난 그러든지 말든지 다리 팝이나 잘되었으면 좋겠다고 생각했다.

부모님을 이기고 계속 춤을 출 때부터 알아봤지만 민수는 고집이 엄청났다. 하고 싶은 건 꼭 해야 했다. 본인은 그게 본인의 말에 책임을 지는 행동이라고 주장했지만, 내 눈에는 한참 어린애같이 보였다. 어느 누구도 신경 쓰지 않고 사는 건 사실 본인만 편한 생활이다. 주변 사람들은 항상 조마조마하고 신경 쓰인다. 세상에 하고 싶은 걸 다 하고 사는 사람은 없다. 커 가면서 누구나 사회와 타협하고 사는 게 당연한 거다. 하고 싶어 하는 걸 다 하려고 하는 건 다섯 살 어린애나 하는 짓이다. 왜 그럴까? 그건, 우리는 우리의 지금뿐 아니라 20년, 아니 50년 후의 자신도 책임져야 하기 때문이다. 과연 민수는 50년 후의 본인을 책임질 수 있을까? 사실 그런 생각을 하고 살 놈은 아니지.

* * *

"뭐? 인트로를 파핑으로 하겠다고? 너, 파핑은 할 줄 알아?"

중기 형은 윗입술을 쭉 내밀며 읽기 난해한 표정을 지었다.

"네. 저, 원래 파핑으로 춤 시작했고, 어차피 음악이 파핑 해도 잘 어울릴 거 같아요."

"음… 이거 꽤 길어. 거의 30초야. 괜찮겠어?"

"네. 제가 더 길게 짰는데 적당히 잘라서 해 보겠습니다. 음악 틀고 한 번 봐 주세요."

중기 형은 내 춤을 보고 아리송한 표정을 지었지만, 고집 센 민수를 생각해 냈는지 금세 허락했다.

"그래, 좋아. 그런데 동작들이 좀 더 크고 온몸을 써야 할 것 같다. 비보잉이랑 함께 나오는 장면이라면 작은 아이솔레이션으로는 보이지가 않아. 카메라가 풀샷으로 잡아 줄지도 의문이고."

"네! 알겠습니다. 좀 더 보충해 볼게요. 감사합니다."

꿈을 꾸며

"평소답게 해. 뭘 감사는….”

나는 떨리는 가슴을 부여잡고 민수인 척했고 그 누구도 눈치채지 못했다. 2차 팀 미션 무대에 올라가서 인트로도 해냈다. 비록 누군가에겐 짧은 30초였지만 나는 효율을 따지지 않는 연습으로 30분을 대하듯 임했고 꽤 잘 해냈다. 특히 내 우상 SAM은 “민수 군은 놀라웠다. 비보이임에도 불구하고 파핑 댄서 같은 움직임을 보여 줬다. 음악을 표현하는 센스가 인트로부터 터져 나와서 블랙 팀의 퍼포먼스에 대한 기대를 증폭시켰다. 그 결과, 블랙 팀은 전체적으로 음악과 잘 어우러져서 좋은 퍼포먼스를 만들어 냈다.”는 평가를 했다. 실제 파핑 댄서가 아닌 비보이가 한 파핑은 센세이션을 불러일으켰다. 대중들은 큰 무대에서 펼친 용기 있는 시도에 높은 평가를 했다. 예상 못 한 모습에 열광했고, 이민수는 올-장르 댄서라는 이야기, 파이널에서는 와킹을 할지도 모른다는 우스갯소리까지 나왔다. 나는 그렇게 꿈만 꾸던 ‘댄서’로 무대에 섰다. 민수인 척했지만 그 위에서는 내가 이민수인지 이현수인지, 아무 생각도 들지 않았다. 그냥 한 명의 댄서였다. 무대에 서는 희열은 서 본 자만이 알 수 있고 그는 그걸 잊지 못한다.

생방송까지는 또 약 2주의 시간이 남아 있다. 하지만 아직도 민수는 일어나지 못 하고 있다. 나는 생각할 시간이 생기고 차분해지자, 꿈을 이루었다는 흥분이 옅어지면서 모두를 속였다는 죄책감에 초조해지기 시작했다. 생방송 무대에는 총 세 팀이 오른다. 생방송은 저지 점수도 중요하지만 문자 투표가 큰 비중을 차지하는데, 민수가 속한 팀이 가장 인기가 많았다. 2차 팀 미션에서 보여 준 파격이 대중을 자극하자 그 열기는 쉽게 식지 않았다. 그 짧은 시간에 전국의 파핑 댄스 클래스가 북적였으며 유튜브는 온통 민수, 아니 내가 췄던 인트로로 도배되었다. SNS에서는 그 인트로 음악에 맞춘 커버 댄스가 붐을 이뤘다. 생방송 무대에 대해 예상하는 게시글도 넘쳤다. 이대로라면 우승은 민수네 팀이 할 것이 확실했다. 하지만 이 비밀을 언제까지 숨길 수 있을까? 나는 칭찬받을수록 점점 더 불안했다. 평소 같으면 보지도 않고, 봤더라도 그럴 수 있다고 넘어갈 댓글과 이야기마저 목에 가시처럼 걸렸다. 내 영상에는 수많은 사람들이 댓글을 달았고, 예전 민수의 배틀 영상들에도 댓글이 넘쳐났다.

인트로는 파격적이긴 한데, 평소의 이민수 같지는 않네요.

└ 왜 그렇게 생각하시죠??

└ 평소에 이민수는 자신감이 넘치는 자세와 그루브를 보여 줬는데 그게 없어요.

└ 그건 본인 장르가 아니라서 그런 것 아닐까요?

└ 음, 그럴 수도 있겠네요. 그런데 댄서는 굳어진 본인의 뭔가가 있는데 그게 보이질 않아요.

└ 저도 그런 것 같은데 컨디션에 따라 좀 다를 수도 있을 거라 생각합니다.

꿈을 꾸며

└ 근데 비보이가 저 정도면 엄청 잘하는 거 아닌가요? 보통 파핑, 로킹, 힙합 등은 같이 하지만 비보이가 저러긴 쉽지 않은데.

　└ ㅇㅈ 뭐, 안 하던 거 한 건 인정하지만 엄청 뛰어난 레벨은 아니었음.

　└ SAM이 약간 립서비스 보태 준 거 같음.

　└ 어차피 배틀도 아니고 TV 쇼인데 저런 데서 파격을 보여 준 게 대단한 것임.

수도 없이 민수를 찾는 연락들을 다 외면할 수는 없었다. 특히 민수와 무대를 준비해야 하는 댄스 팀은 더욱 그랬다. 내가 그렇게 말렸는데도 엄마는 굳이 댄스 팀에 전화를 걸었다. 민수가 일어나도 다시는 춤을 시키지 않겠다고 말했다. 옆집 민지 엄마가 화근이었다. 생방에 문자 투표를 하겠다느니, 민수가 최고 인기가 많다느니, 민수 춤추는 걸 싫어하는 엄마를 만날 때마다 자극했다.

"민수 왜 또 연습실에 안 나와? 생방송 어떻게 하려고? 안 그러던 놈이 자꾸 왜 이래? 누가 연락 좀 해 봐."

"형! 오셨어요? 안 그래도 오전에 연락 왔는데 완전… 장난 아니에요. 민수요. 지금 병원에 입원해 있어요. 의식이 없대요!"

"뭔 소리야? 야, 이런 때에 뺑치지 마라."

"민수 엄마라는 분한테 전화가 왔는데요. 무대에 못 선다고…."

"뭐? 언제부터? 근데 왜 연락을 안 한 거야? 어느 병원인데? 가 보자. 아… 씨, 뭐야 이게."

박흥용

병원으로 달려온 중기 형은 상기된 표정과는 다르게 공손하게 물었다. 애써 침착하려고 애쓰는 것 같았다.

"아, 민수 형이세요? 민수가 언제부터 이런 상태였나요? 아니 2차까지 잘하고 왜 갑자기 이런 거죠?"

답은 정해져 있었다. 이젠 고백을 해야 할 때가 된 거다. 하지만 나는 고개를 들 수 없었다. 중기 형 얼굴을 보지도 못하고 웅얼거리듯 대답했다.

"그게… 사실 꽤 오래됐습니다."

"네? 그게 무슨 말인가요?"

"정말 죄송합니다. 제가… 정말 죄송합니다. 실은 민수가 헤일로 연습하다가 머리를 다쳐서 지금 3주째 깨어나지 못하고 있어요. 민수가 꿈에 그리던 무대를 망칠 수 없어서 제가 대신 연습실에 갔습니다."

"네? 그게 무슨…."

중기 형은 다른 의미로 충격을 받은 것 같았다. 아니, 혼란스러워했다. 나 같아도 그럴 거였다. 지금까지 같이 연습하고 이야기한 사람이 민수가 아니라니.

나는 쓰고 있던 비니를 잡고 위아래로 마구 문지르기 시작했다.

"정말 죄송합니다. 어쩔 수가 없었어요. 정말 죄송합니다."

"아니 제가 민수를 못 알아봤다고요? 그럼 형이… 본인이 2차에 파핑을 한 거예요?"

"네, 제가 했습니다. 제가 프로 댄서는 아니라 어색했을 건데 그냥 잘 묻힌 거 같아요. 정말 너무나 죄송합니다."

눈이 커진 중기 형은 믿을 수 없다는 표정으로 소리쳤다.

"아니 어떻게, 어떻게 이런 일이… 이건 사기예요! 대국민 사기라고요. 우리 팀은 이제 망했어요. 대체 어떻게 하려고 그런 거예요?"

"제가… 제가 어떻게든 수습을…."

"수습이요? 수습이라고 했어요? 말 같잖은 소리 하지 말아요. 이게 수습이 될 일이에요? 사람들은요. 내가 민수가 아닌 줄 몰랐다고 하면 거짓말이라고 할 거예요. 우리 팀 전체가 완전 사기꾼으로 몰릴 거라고요. 어떻게 수습을 해요? 그냥 부상당했다고 하면 될 걸 왜 일을 키운 거예요, 대체. 네?"

맞는 말이었다. 내가 왜 그랬을까? 오, 주여. 난데없이 신을 찾게 되는 때가 바로 이런 때인가.

어떻게든 수습을 해야 했다. 중기 형과 함께 담당 PD를 만나러 갔다. 그날은 유독 아침부터 시간이 느리게 흘렀다. 이 일로 방송이 틀어진다면 어떻게 책임을 질지 막막했고, 아직 아무것도 모르는 엄마와 아빠에게는 어떻게 이야기할지 상상만 해도 끔찍했다. 난 내 꿈을 위해 어린애 같은 짓을 한 건가. 20년 뒤를 책임지는 문제보다 지금 눈앞의 일을 어떻게 책임져야 할까를 걱정하는 처지가 됐다. 이민수가 이걸 보면 낄낄거릴까, 화를 낼까?

"뒷일을 책임지지 못할 거면 지금 본인 역할에 충실해. 현수가 아니고 민수로."

"한 번은 몰라도 두 번은… 알아볼 거예요."

"그렇게 들키고 망하나, 자수하고 망하나 똑같은 거 아닐까? 그냥 해. 자수하면 100퍼센트 들키지만 숨기면 적게라도 넘어갈 확률이 생기잖아? 현수 군은 민수야. 알았지? 생방 끝날 때까지 민수라고. 잊었나 본데 이건 본인이 시작한 일이야. 이런 무대에 서고 싶었다며? 꿈! 그렇지, 그거 중요하잖아. 다시는 이런 기회 안 올 수도 있어. 셰익스피어가 말했지. 운명은 성격이라고. 아닌가? 반댄가? 하여튼 난 운명은 선택이라고 생각해. 현수 군 운명은 현수 군 선택에 달린 거야."

담당 PD는 관심 없다는 표정으로 생각보다 차분하게 말했다. 어차피 결승 무대도 팀 퍼포 비중이 크니 부상당한 걸로 하고 밀고 가자고 했다. 그 방법이 아니면 방송국으로부터 손해 배상 소송을 당할 거라고 했다. 솔직히 무서웠다. 소송이 뭔지도 모르지만 그냥 그 단어 자체가 무서웠다. 꿈을 이룬 것 같았지만 이 상황이 꿈이면 좋겠다고 생각했다.

생방송 사전 투표는 압도적이었다. 민수가 속한 블랙 팀이 1위였다. 너무 큰 차이가 나서 이대로 결승이 진행되면 우승은 따 놓은 상황이었다. 그래서인지 레드 팀과 화이트 팀은 나를 은근히 견제했다. 아니 민수를 견제했다. 실력은 우리보다 위지만 민수의 인기 때문에 투표에서 지고 있다고 생각하는 것이 분명했다.

특히 레드 팀은 대놓고 우리를 무시했다. 중기 형과 베틀에서 만났다 하면 과열되곤 하는 대환이 형이 리더인 팀이라 더욱 그런 것 같았다.

"여어~ 이민수? 올해의 슈퍼스타 아냐!"

저 아니꼬운 표정. 위아래로 훑어보는 눈도 너무 싫다.

"아… 안녕하세요?"

"뭔 안녕하세요야? 평소처럼 하지?"

이름도 모르는 그 형은 계속 위아래로 나를 훑어보며 말했다.

"근데 너, 설마 결승에서 진짜 와킹 하는 거 아니지? 비보이 자존심을 버리지 마라. 그래도 비보이는 비보잉으로 보여 줘야 하지 않겠어? 아아~ 그러고 보니 얘가 방송을 아네. 스토리를 짤 줄 알아. 근데 알지? 퍼포는 우리가 한 수 위인 거? 중기 형보다는… 우리 대환이 형이 또 코레오는 기가 막히지!"

나는 얼른 이 상황을 벗어나고 싶었다.

'대환이 형이라는 사람은 코레오 댄서였나? 댄스 팀끼리는 서로 친한 거 아니었어? 코레오 댄서랑 배틀 댄서가 서로 깎아내리는 건 왜일까?'

"아… 네. 대환이 형님께도 안부 전해 주세요."

"대환이 형님? 얘가 왜 이래. 스타 되니 겸손해지기로 했냐? 하여튼 우리 정정당당하게 하자! 엉?"

박홀륭

"아… 네, 그럼요. 제가 몸이 안 좋아서 이만 가 보겠습니다."

꾸벅 인사를 하고 쏜살같이 그 자리를 빠져나왔다. 다시는 마주치고 싶지 않은 상황이었다. 내가 이상하게 느껴진 걸까? 그는 도망치듯 뛰어가는 나를 유심히 쳐다봤다.

나는 철저히 몸 상태를 과장했다. 급성 장염, 급체, 몸살 등 갖다 붙일 수 있는 건 다 갖다 붙이고 숨어서 팀 퍼포 하나만 연습했다. 솔로로 하는 비보잉은 나에겐 무리였다. 더군다나 민수 정도의 비보이가 단기간에 탄생할 리 만무했다.

중기 형은 계속 나를 못미더워했다.

"아… 큰일이네. 민수야, 아니 현수야, 거기는 그렇게 하면 안 된다고. 거기서 니가 고개를 들면 그림이 나오냐? 이것 봐라. 너만 나와 있잖아."

"죄송합니다. 제가 군무가 어색해서…. 연습해 보겠습니다."

"민수는 비보이라도 안무를 잘해. 거기다 우리 결승전 음악 길이가 무려 5분이 넘어. 2차랑 다르다고. 니가 이렇게 하면 들통 나. 그러니까 너는 최대한 튀면 안 돼. 그래서 뒷라인에 넣었는데 자꾸 고개를 들면 어떻게 하냐. 카메라에 다 잡혀."

"예… 명심하겠습니다. 죄송합니다."

공부할 시간이 없었다. 집에 들어가도 기진맥진 씻고 쓰러져 자기 바빴다. 당연히 수업 시간에도 졸기 일쑤였다. 졸지 않아도 대체 내가 뭐 하고 있는 건지 자책감과 자괴감이 밀려와서 학교에서는

꿈을 꾸며

멍하게 시간을 보냈다.

'지금이라도 못 하겠다고 할까? 엄마한테 다 털어놓을까?'

민수가 있었으면 상의라도 해 볼 텐데 너무 외로웠다.

'내가 아직 어려서 그런 건가? 어른 되면 비슷한 일이 자주 생길 텐데 어떻게 다 해결할까. 아니야. 나도 곧 성인이라고.'

내 마음은 말 그대로 뒤죽박죽이었다. 아니, 더 심한 말이 있다면 바로 그런 상태였다.

생방송은 다음 주 목요일. 어떻게든 주말 동안 안무를 완벽히 숙지해야 했다. 2차 때와는 다르게 내 솔로 파트가 없기 때문에 팀 안무만 연습하면 되는 거지만 늘 혼자 연습했기 때문에 여럿이서 맞춰야 하는 군무는 더욱 부담스러웠다. 가장 중요한 건, 어쨌든 엄마와 아빠가 더 관심 갖지 않고 생방송이 지나가야 했다. 아무리 엄마와 아빠가 사람들이랑 왕래가 잘 없다곤 하지만 사람들 입에 오르내리기 시작하면 알게 되는 건 시간문제였다. 요즘 왜 집중을 못 하냐고 묻는 엄마에게 할 말도 없었다. 일단 어떻게 되든 생방송을 끝내야 했다. 그래야 방송국에 피해 주지 않고 무서운 소송 같은 말을 더 듣지 않을 수 있었다.

방송국은 결승 퍼포먼스 준비 과정을 촬영할 때도 '전략상'이라는 명목으로 나를 최소한으로만 노출했다. PD는 나에게 인상 쓰고 침대에 누워만 있으라고 했다. 팬들이 더 안쓰러워 할 거고 민수는 이런 역경을 이겨 낸 진짜 스타가 될 거라고 했다. 어차피 짧은 기간이라 아프면 그냥 넘어갈 수 있을 것 같긴 했다. 그렇게 PD와 중

기 형과 나는 들키지 않을 확률이 낮지만 있긴 하다는 비논리적인
이유 아래 전 국민을 속이는 공범이 되었다.

＊ ＊ ＊

"오늘 우리 연습실에 SAM이랑 HONG이 올 거야."

중기 형이 피곤한 표정으로 나를 쳐다보며 팀원들에게 말했다.

"와! 진짜요? 왜요?"

"저지들이 각 팀 돌면서 결승전 준비 과정 구경하고 조언하는
거 찍는다고 온다더라. 그러니까 현수, 너 특히 조심해. 웬만하면
아무것도 하지 말고."

팀원들은 모두 흥분했지만 나는 걱정스러웠다. 그렇게 만나고
싶었던 SAM이 온다고 해도 아무 생각이 들지 않았다. 시간이 어
서 지나가길….

내 우상 SAM과 민수의 우상 HONG이 부담스럽게도 카메라
두 대와 함께 왔다. 당연히 감격스러워할 상황이지만 그 두 사람보
다 카메라 두 대가 더 신경 쓰였다. 최대한 카메라에 잡히지 않으려
고 애썼지만 방송은 그렇지 않았다. 인기가 많은 민수를 무조건 담
아야 했기 때문이다.

"민수 씨는 원래 파핑 했어요?"

"아… 네. 처음에는 이것저것 다 했어요. 파핑, 힙합, 로킹…."

"오! 완전 스트리트 파이터네요. 스트리트 댄스와 함께한 삶인

꿈을 꾸며

데요? 하하."

"감사합니다. SAM님 팬이에요. 맨날 유튜브로 영상 봐요."

"아! 감사합니다. 지금 가장 핫한 분이 저를 좋아해 주시니 저도 영광이네요!"

"SAM님 레슨 받으러 꼭 갈 거예요. 기다려 주세요."

"파핑도 본격적으로 하시게요? 잘하실 거 같아요. 피지컬이랑 밸런스도 좋고, 리듬 센스도 있어서. 언제 한번 연습실에 놀러 오세요. 연희동이니까 여기서 가까워요. 결승전도 파이팅입니다. 근데 결승에선 파핑하는 거 아니시죠? 하하하."

"아, 네. 결승이니까…."

중기형은 안절부절 못하는 표정으로 옆에 서 있다가 내 말을 막았다.

"아유 SAM님, 저희 팀 극비 사항입니다. 아직은 안 됩니다. 비밀 병기가 뭐 할지는 지금 이야기하면 안 되죠!"

"그렇죠? 하하! 혹시나 걸려들까 했는데 실패했네요."

"민수 씨, 제 팬이라고 인터뷰 많이 하셔서 알고 있었습니다. 아주 유망한 후배라는 생각이 들고 1차 때도 재밌게 춤추는 거 보니 나도 오랜만에 들썩들썩하더라고요."

민수의 우상, HONG도 말을 걸었다. 민수가 있었으면 얼마나 좋아했을까?

"아! HONG님, 어릴 때부터 너무 좋아했어요."

"2차 때도 영리하게 다른 퍼포먼스를 보여 줘서 정말 즐거웠어요. 댄서는 그렇게 센스가 있어야죠. 아직 한창때니 여러 가지 장르를 접하면 영감도 받고 더 좋지요. 아시겠지만 비보잉은 비슷한 동작을 여러 댄서들이 구사하잖아요. 그러니까 본인만의 연결기라든지 확실한 색깔이 꼭 있어야 합니다. 그래야 오래가요. 본인도 즐겁고요."

"네! 알겠습니다. 안 그래도 HONG님 마인드를 닮고 싶어서 그렇게 열심히 하고 있습니다."

"감사합니다. 저를 좋아하신다니 그런 의미에서 결승에선 민수 씨만의 헤일로 연타 보여 주나요? 하하."

HONG이 꺼낸 헤일로라는 말에 아직도 누워 있는 민수가 생각났다.

'왜 하필 머리야, 차라리 뼈가 부러지는 게 낫지 않았을까?'

"아… 제가 저기, 스타일 무브 위주로 한 지 오래되어서 헤일로를 잘…"

"제가 잠깐 코칭 좀 해 줄까요? 민수 씨 키가 커서 다리 각도 잘 살리면 진짜 샤프하고 멋있게 잘 나올 거 같은데."

"네? 아… 네. 저야 좋은데…"

"기본은 알잖아요? 처음엔 좀 어려워 보이긴 해도, 참 오른손잡이? 그럼 처음에 오른쪽 다리만 길게 힘 있게 잘 차 주면 반은 성공하는 거예요. 아래 다리 위로 힘껏 뻥 차고, 그리고 옆머리로 지지할 때 목이랑 뒤통수 조심하고 지지하는 손만 포지션 잘 잡으면 그다음은 반복이니까. 이것도 힘 있을 때 해야 하는 거예요. 10대라는 게 부럽네요!"

"아, 감사합니다. 연습해 보겠습니다. 그런데…."

중기 형은 어색하게 웃으며 또 내 말을 막았다.

"아, 네네! 저희가 특별히 같이 연습해 보겠습니다. 다 같이 도미노처럼 해도 멋질 거 같은데요? 하하하."

"오! 기대하겠습니다. 왠지 이 팀은 결승 무대에서 정말 특별한 퍼포먼스가 나올 것 같아서 다른 팀보다 더욱 궁금하네요."

중기 형은 불안해하면서도 아닌 척하며 나를 따라다니기 바빴다. 내가 이상한 답을 하거나 뭔가 하게 될까 봐 전전긍긍하는 게 분명했다. 나는 내 불안한 표정이 카메라에 잡혔을까 봐 두려웠지만 적절한 편집으로 이번 에피소드는 잘 넘어갔다. 하긴 PD도 그럴 수밖에 없었겠지.

* * *

민수가 깨어났다. 생방송을 3일 앞둔 시점에 눈을 떴다. 너무 기뻤다. 아니다. 너무 기뻐야 하는데 하나의 변수가 추가되었다는 생각이 머릿속 귀퉁이에 자리 잡아서 마냥 기쁘지가 않았다. 오히려 병원으로 달려가는 와중에 머릿속 생각들이 더 헝클어졌다. 그냥 3일 뒤에 깨어났으면 더 좋았을까? 나는 제정신이 아니었다. 이런 생각을 하다니.

민수는 좀 멍했고 눈을 뜨고 웃으며 나를 쳐다봤다. 눈물이 날 것 같았지만 억지로 참았다.

"민수야… 민수야…"

"어… 현수네. 겁나 빨리 왔네. 반갑냐? 어떻게 된 건지 간호사 누나한테 대충 듣긴 했는데, 내가 머리 찧고 나서… 개판 됐지? 우리 팀 어떻게 됐어? 떨어졌어?"

"그게… 결승 갔어."

"와 진짜? 대단한데! 와 언제야, 결승 언제야?"

"이번 주 목요일. 근데 넌 못 가."

"왜? 이렇게 쌩쌩한데. 가야지!"

"너, 이 상태론 춤 못 춰. 의사 선생님이 너 골 흔들린다고 안정 취하라고 했어."

"뭔 소리 하는 거야. 골 흔들리는 거 따위로 꿈의 무대를 포기할 거 같냐? 죽었으면 못 가겠지만 살아 있으니 가야지. 거기 올라가야 해."

"일단 내 이야기 좀 들어 봐. 일이 좀 있었어."

"무슨 일?"

입이 떨어지지 않았다.

'어떻게, 어디서부터 말해야 하지? 민수가 나를 이해해 줄까? 이해 못 하겠지. 아냐 그래도 형젠데 내 마음을 알아줄 거야.'

"이민수!"

"어, 엄마. 엄마도 빨리 왔네? 그래도 보고 싶긴 했나 보네. 하하. 아빠는 여전히 바쁘시고요?"

"네가 벌인 일을 좀 봐라. 네가 지금 어디 있는지도. 잘한 짓이 야? 내가 이런 위험한 춤 그만두라고 몇 번을 이야기했니?"

"엄마, 엄마. 민수 이제 일어났어요. 일단 이따 이야기해요, 네?"

"… 일어난 거 봤으니 됐다. 수업 마치고 다시 오마. 필요한 거 현수한테 이야기해 놓으럼."

"필요한 거 없는데? 이제 병원 나가서 결승 무대 가야죠."

민수는 언제나 직진이다. 말릴 틈도 없다.

"이민수! 정신 안 차려?"

"아, 엄마. 민수, 지금 안정해야 해요. 이따 이야기하자고요. 일단 가세요. 제가 타이를게요."

겨우 엄마를 배웅하고 민수와 단 둘이 남았다.

'떨린다. 긴장된다. 하지만 내색하면 안 돼.'

"야, 엄마 앞에서 그게 할 소리냐? 엄마가 얼마나 놀라고 힘들어하셨는지 알아?"

"모르지. 의식을 잃고 누워 있었는데 어찌 아냐? 그리고 너도 나 말릴 생각 마라. 난 무조건 갈 거야. 기어서라도 갈 거야."

"하… 뒤통수를 한 번 더 후려쳐야 하나."

"잔말 말고 우리 팀 2차 어떻게 했어? 폰 없어? 유튜브에 올라온 거 없냐고."

"그게… 있어. 많아. 아주 많아."

"오, 보자 보자. 빨리 보여 줘 봐. 나 없이도 잘했단 말이지?"

나도 직진할 수밖에 없었다.

'말보단 보는 게 더 빠르겠지. 이젠 어쩔 수 없다.'

"이게 뭐야? 여기 니가 왜 나와?"

"……."

"뭐지? 이민수? 니가 왜 이민수야? 니가 나인 척하고 나갔냐? 중기 형이 그러자고 했어? 내 폰 가져와!"

"미안하다. 일단 진정해 봐. 다 설명할게."

"내 폰 가져오라고!"

병실 문이 찌걱 소리를 내며 벌컥 열렸다. 간호사 누나가 내 구원자였다.

"아니, 병실에서 왜 이렇게 소란스러워요! 조용히 해 주세요. 지금 환자 안정해야 해요. 이러시면 회복에 영향 있어요. 보호자분 일단 나가 계세요. 얼른요."

"누나, 저 폰 좀 가져다주세요. 지금 급히 전화할 데가 있어요!"

"환자분! 진정하세요. 안정되면 가족분께 드릴 테니 일단 안정을 취하시라고요!"

민수의 반응은 상상 이상이었다. 나로서는 그렇게까지 화를 내는 게 이해가 안 가기도 했지만 이해해야 하기도 했다. 꿈은 소중한 것이기 때문에, 어떤 이유에서든 침범당하거나 부정당했다는 생각이 들면 화가 날 수밖에 없을 것이다. 나도 노력했다고, 니가 누워 있는 동안 '이민수'가 꿈을 이어 갈 수 있도록 노력했다고 말하는 것은 같잖은 변명이었다. 사실 민수는 다른 기회를 잡으면 되는 거였다. 그리고 무엇보다 나는 그 무대를 진심으로 받아들였기 때문

에 죄책감이 더 컸다. 남의 무대를, 아니 동생의 무대를 뺏었다는
죄책감….

　몇 시간 뒤 중기 형이 병실로 달려왔다. 중기 형도 복잡한 얼굴
이었다. 우는지 웃는지 모를 모호한 표정이었다.

　"중기 형! 어떻게 이럴 수가 있어? 현수가 왜 내 무대에 선 거예
요? 형은 왜 그러라고 한 거예요? 와, 어떻게 이럴 수가 있어? 이게
일어날 수 있는 일이야?"

　"민수야, 미안해. 근데 처음에는 나도 몰랐고, 2차가 끝나고 현
수가 자백해서 알게 됐어. 너무 똑같아서 한 번도 의심한 적이 없었
다니까!"

　"말도 안 되는 소리 하지 마세요. 현수랑 나를 구분 못 한다고?
쟤가 파핑을 하고 앉아 있는데 그게 나로 보였다고? 내가? 이민수
가? 형!! 변명 같은 변명을 해요!!"

　"아니… 말이 좀 없긴 했지만, 내가 쌍둥이를 어떻게 구분하냐?
야, 솔직히 말해서 나도 피해자야. 니가 파핑을 한다는데 나도 모
르는 뭔가 있구나 했지. 내가 진짠지 아닌지 어떻게 알아? 와… 나
미치겠네. 근데 PD가 그냥 가자는 걸 어쩌냐? 손해 배상 어쩌고 하
면서 어차피 아무도 모른다고 생방까지만 마치자는데 어쩌냐고!
팀 그냥 이 바닥에서 묻어? k.net 방송사 PD 말을 어떻게 안 듣냐
고!"

　"와… 다 썼었네. 댄서의 꿈을 이뤄 준다더니 아주 짜고 속였네.

형! 그러는 거 아니에요. 그래도 안 된다고 했어야죠. 본인이 아닌데 무대에 세워요? 형! 양심 없어요?"

"야! 이민수, 너 말이 심하다? 나도 노력했고 분명한 피해자야. 그리고 난 리더라고. 너 때문에 팀 애들 앞길 다 막을 순 없잖아!"

"여러분! 여기 병실이라고요! 제발 좀 정숙해 주세요. 나가세요. 다 나가세요."

'간호사 누나 또 고맙습니다….'

최악이었다. 내 어정쩡한 선택 하나로 여러 명의 꿈이, 인생이 다 어긋나게 되었다. 민수는 내 설명을 듣지도 않았다. 이유가 뭐든 분명 잘못된 행동이며, 자기를 무시한 거라고 했다. 더 최악은 민수가 그 몸으로 생방송 무대에 올라가겠다고 고집을 부린다는 거였다. 나, 중기 형, 팀원들, PD, 엄마, 아빠 누구에게도 득이 되지 않는 선택이었다. 하지만 그중 누구도 민수를 말릴 수 없었다.

* * *

결국 민수는 담당 PD와 미팅을 했다. 역시 직진밖에 모르는 놈이다.

"만약 무대에 올라가려면 민수 군은 이 일에 대해서 일절 언급하지 않는다고 약속해야 해요."

"네, 그렇게 하겠습니다. 어차피 마지막 날에 이야기해 봤자 좋을 것도 없고요."

꿈을 꾸며

"중기 씨가 아니고 민수 군이 약속해야죠."

"민수야."

"… 네, 알겠습니다. 대신 2차에 못 한 혜일로 치게 해 주세요."

역시 또 직진. 뒤통수가 세 번은 더 깨져도 똑같을 것 같았다.

"뭐라고? 그 몸으로 혜일로 친다고? 그냥 뒤에서 팀 안무 보조만 하라고…. 말 좀 들어라."

"HONG 앞에서 혜일로 하겠다고 다짐하고 시작한 일이에요. 끝은 내야죠. 죽이 되든 밥이 되든."

"하, 이 앞뒤 꽉 막힌 놈. 이틀 남았는데 안무 구성을 바꾸란 거냐?"

"어쨌든 민수 군 몸 상태는 자신이 가장 잘 알 테니, 그건 내가 상관하지 않겠는데 생방송만 잘 마치길 바랍니다. 블랙 팀뿐 아니라 이 일에 걸려 있는 사람이 많아요. 그리고 현수 군. 현수 군도 이 일은 절대 언급하면 안 됩니다. 이 자리에 있는 사람 모두 약속해야 해요. 말 한마디로 여러 사람 한 방에 가는 거예요."

"네, PD님 알겠습니다. 죄송합니다. 잘 끝내 보겠습니다."

생방송 날. 사전 투표는 압도적으로 블랙 팀이 앞서고 있었다. 사전 투표 30퍼센트, 심사 위원 점수 20퍼센트, 당일 문자 투표 50퍼센트로 이루어지기 때문에 당일 문자 투표가 가장 중요했다. 하지만 사전 투표에 적극적인 사람이 당일 투표에도 적극적이라 웬만하면 사전 투표의 결과가 당일 투표의 결과까지 이어지는 게 기정사실이었다. 일이 이렇게 된 이상 부정적인 이슈로 결과가 뒤집히는 걸 누구도 원하지 않았다. 민수만 빼고.

"네! 블랙 팀의 이민수 군! 몸이 안 좋아서 연습을 많이 못 했다고 들었고, 또 영상으로도 봤는데, 컨디션은 어떠세요?"

"보시다시피 컨디션이 좋진 않습니다. 하지만 제가 꿈꾸던 무대라서, 댄서라면 누구나 원하는 스포트라이트라서 이렇게 올라오게 되었습니다. 그리고 공연 전에 드릴 말씀이 있습니다."

"아, 네. 잠깐은 괜찮으니 이야기하시죠."

"이 프로그램을 보고, 즐기고, 응원해 주시는 모든 분들께 사죄 말씀 드리려고 합니다."

"네??"

"야, 아무 말 하지 않고 지나가기로 했잖아! 하지 마."

"사실 2차 무대를 준비하면서…."

"야, 이민수! 그만하라고!"

민수의 마이크가 꺼졌다. 민수는 MC의 마이크를 낚아챘다.

"2차에 파핑을 한 사람은 제가 아니었습니다!!!!! 죄송합니다!!!!"

갑자기 화면이 시원한 푸른색 배경으로 바뀌고 후원사 음료 광고가 나왔다.

온 나라가 요동쳤다. 그 짧은 시간에 온갖 커뮤니티에서는 여러 가지 추측이 난무했다. 대부분은 그냥 이벤트라고 생각했다. 별다른 해명 없이 생방송은 끝났다. 민수는 춤을 거의 추지 않았지만 블랙 팀이 무난히 우승했다. 뒷이야기가 궁금한 방송국과 신문사들은 민수를 취재하려고 했지만 민수는 누구와도 만나거나 이야기하지 않고 입을 닫았다.

내 갈등은 더 심해졌다. 누구도 강요하는 사람이 없었지만 민수가 입을 닫은 게 꼭 나에게 해명하라는 것처럼 느껴졌기 때문이다. 당사자는 민수와 나이고 민수가 말을 안 하면 나밖에 남지 않았다.

* * *

안녕하세요? 팬 여러분. 저는 이민수의 형 이현수라고 합니다. 어디서부터 어떻게 말씀드려야 할지 모르겠지만… 일단 정말 죄송합니다. 팬 여러분의 기대를 저버린 것, 거짓말을 한 것, 모든 걸 사과드립니다. 제 잘못된 선택 하나로 모두의 기분을 상하게 했고 모든 일이 틀어졌습니다.

......

민수는 사실 2차 팀 미션 때 본인의 우상인 HONG 앞에서 보여 줄 헤일로 콤보를 연습하다가 머리를 부딪혀서 약 3주 넘게 의식을 잃었습니다. 믿기 힘드시겠지만 저는 그 사실을 알리려고 연습실로 찾아갔다가 저를 민수로 착각하는 팀원들에게 사실대로 말하지 못했습니다. 솔직히 말씀드리면 어릴 때부터 민수와 함께 꿨던 꿈을 이 기회에 이룰 수 있지 않을까 하는 생각에 선뜻 진실을 밝히지 못했습니다. 2차를 잘 넘어간다면 민수에게도 좋고 저에게도 좋고 다 좋아질 거라고 합리화했습니다.

박흘융

......

모두 제 잘못입니다. 민수는 누워 있어서 아무것도 몰랐고 저를 민수로 착각한 분들 역시 그럴 만했기 때문에 잘못이 없습니다. 어떤 말을 해도 변명이 될 수 없을 걸 압니다. 비록 가족이고 쌍둥이지만 본인이 아닌데 사칭을 한 건 벌을 받아 마땅하단 것도 압니다. 생각이 짧아 벌어진 일들에 깊이 반성하고 있으며, 상처받으신 분들께 진심으로 사과드립니다. 정말 죄송합니다.

초유의 사태로 여론은 들끓었다. 블랙 팀의 팬들은 그냥 넘어갔으면 모를 일을 용기 있게 밝힌 민수를 옹호했다. 하지만 화이트 팀과 레드 팀의 팬들은 사기라고, 블랙 팀의 우승을 취소하라고 방송국을 압박했다. 하지만 방송국이라고 뚜렷한 방법이 있는 건 아니었다. 그렇다고 우승을 취소하려니 민수 원 맨 팀이 아니므로 블랙 팀의 팬들이 반발할 것이고, 취소하지 않으려니 출연자 관리를 제대로 못 한 잘못이 있었다. 이미 이 프로그램으로 챙길 수 있는 수익은 챙긴 방송국은 사실 관계 확인 중이라는 말로 시간만 끌었다.

내가 팬카페에 자필 편지를 올린 지 한 달 남짓 지났을 때, 중기 형은 자신의 SNS에 상을 반납하겠다고 밝혔다. 내부적으로 상의하느라 늦게 결정해서 죄송하다는 짧은 글과 함께 좀 더 성숙해지겠다고 했다.

'성숙이라… 나만 성숙하면 되는 거 같다. 나만…. 꿈은 성숙해야 꿀 수 있는 걸까?'

꿈을 꾸며

* * *

　꿈에 그리던 대학에 들어간 나는 바라던 대로 댄스 동아리에 들어갔다. 나도 파핑은 꽤 오랜 기간 해 왔기 때문에, 아니 늘 곁에 두고 살았기 때문에 후배들과 선배들에게 '꽤 추는 애'로 인식되었다. 그 자체만으로도 나는 이 집단에서 치켜세워진 거였다. 하지만 당연하게도 난 프로 댄서들에 비해서는 많이 부족했다. 파핑의 여러 가지 스타일 무브들을 자연스레 구사하지 못했고 기본적인 부갈루 스타일만 사용했다, 터팅, 애니메이션, 퍼펫 등의 다른 스타일은 엄두도 안 났다. 그래서 아쉽냐고? 아니, 욕심만 날 뿐 아쉽지 않다. 모든 걸 다 잘할 순 없지 않나? 난 내 기준으로 음악을 즐길 수 있다. 꿈은 나를 성장시키지만 욕심은 나를 망칠 수 있다. 우연찮은 합리화를 통해서 방송 무대에 올라갔지만 그날 이후로 마음 편한 날이 없었다. 민수와 나는 같이 춤을 시작했고 같은 꿈을 꿨지만, 그리고 심지어 쌍둥이지만, 너무도 달랐다. 나에게 꿈은, 뭐든 하다 보면 느끼는 것이지, 꿈을 목표로 두고 뭔가를 하는 건 괴로운 일이라는 걸 알았다.

　사실 아직도 잘 모르겠다. 내 꿈의 위치란? 끝이란? 그건 좌표처럼 찍을 수 있는 게 아닌데 어느 방향으로 움직이면 된다고 말할 수 없는 거 아닐까? '이 정도면 근접했다.'라고 누구도 조언할 수 없는 거 아닐까? 이 정도면 즐기고, 저 정도면 직업으로 가질 수 있다는 기준도 없는 건 당연하다.

박훌륭

우리 모두는 어느 누군가가 가진 꿈의 크기도 객관적으로 측정할 수 없다. 물론 본인조차도 자신이 하고 싶은 게 진정 하고 싶은 것인지 그 꿈의 크기가 어느 정도인지 잘 모른다. 누구도 대신해 줄 수 없는 꿈은 성격의 문제이기도 하지만 결국 선택의 문제다. 꿈은 사람에 따라서 직업으로 선택하는 것이 맞는 사람도 있고, 취미로 곁에 두는 것이 맞는 사람도 있다. 꿈을 연인으로 만들기보다는 친구처럼 평생 함께하는 것도 행복이다. 그거였다. 꿈은 환상이 아니었다. 모든 걸 바쳐 이루어야만 하는 무언가가 아니라 현실에서 함께하는 것도 꿈이었다. 그래서 나는 지금 행복하다.

* * *

"그렇죠! 오! 역시! 피지컬이 괜찮다니까! 지금 보면 긴장해서 그런지 어깨에 힘이 잔뜩 들어가 있어요. 팔에 아예 힘을 다 빼 봐요. 아님 허리를 숙여서 팔을 늘어뜨린 상태, 그걸 기억해요. 그 상태에서 몸만 펴요. 그렇죠. 처음 할 때는 삼두근과 이두근에 힘이 잘 안 들어가니까 내 팔꿈치로 여기 투명한 벽을 때린다고 생각해요. 근데 동작이 워언투! 가 아니라 원투! 빠르게 치고 빠진다는 생각으로 힘을 줬다 순간적으로 빼야 해요. 그렇지! 좋아요. 음악 틀고 해 볼까요?"

"아… 자꾸 어깨에 힘이 들어가네요. 제가 몸통에 힘을 주는 버릇이 있어서 자꾸 광배랑 등 쪽에 힘을 주는 것 같아요. 이러면 안

꿈을 꾸며

되죠?"

"안 되는 게 중요한 게 아니라 어디에 팝을 주고 있는지, 어느 정도 힘이 들어갔는지 인지하고 해야 한다는 거예요. '낄끼빠빠' 몰라요? 하하. 내가 등이랑 광배에 힘을 같이 꽉 준다고 인지하고 하면 상관없죠. 근데 지금은 딱 팔에만 팝을 주는 거니까 삼두랑 이두, 전완근까지만 팝이 들어가야 해요. 오케이! 자! 해 볼까요? 파이브, 식스, 세븐, 에잇."

* * *

"이게 제정신인가…. 자면서 숫자를 세고 앉았네. 야, 일어나. 라면 먹게. 나, 연습 가야 해."

"……?"

"아, 그 멍청한 얼굴 좀 치워 줄래?"

"뭐지? 뭐야, 이거? 나 잔 거야??"

"작작 좀 해라. 코 골면서 아주 버럭버럭 소리 지르다가 끄어어 울다가 방금 전엔 영어로 카운팅을 하더라. 진상도 너 같은 상진상은 없을 거다. 빨리 일어나서 라면 좀 끓여 줄래? 엄마가 너, 기말고사 준비하라고 문제집 탁자에 놔뒀다니까 그거 갖고 넌 너의 독서실로, 난 나의 연습실로 각자의 길을 가자."

"지금… 우리, 고등학생이야?"

"그래, 이 정신 나간 놈아. 나 k.net에서 하는 오디션 잡혔어. 빨리 나가야 하니까 라면 좀 끓이라고!"

　　"???!!!!"

유성우가 내리는 날

정재희

나는 여전히 유성우가 내릴 때마다
솜이와 산책을 하고 춤을 춘다.
서아가 아빠, 엄마, 강아지와 행복하게 살고 있는
다른 평행 우주에서.
서아는 나의 어릴 적 이름과 자음, 모음이 같다.

목이 말라 일어난 척 고개를 젖혀서 하늘을
달의 반대편에서 툭 떨어진 간절한 별 하나
얼른 삼켜서 시침 뚝 떼고
심장에 고였다가 발바닥까지
빛의 리듬이 흐르면 몸을 움직여
세상을 두들기는 탭 탭 탭
발을 구르며 탭 탭 탭
음악도 필요 없는 탭 탭 탭
너에게 노크하는 탭 탭 탭

* * *

관중석이 술렁거렸다. 우렁우렁 퍼지는 목소리를 가진 사회자
의 요란한 소개에 이어 경쾌한 음악이 흘러나왔지만, 서아는 조금
도 움직이지 않고 있었다. 우뚝 서서 허공 어딘가를 바라보는 아이

는 시작할지 말지 망설이는 기미조차 없었다. 약간 넋이 나간 것처럼 보이기도 했다.

"윤서아 선수 맞아? 왜 저래?"

지켜보는 사람들이 더 안타깝고 조급했다. 그런 분위기를 아는지 모르는지 벌써 20초를 그냥 흘려보냈다. 대형 사고다. 이게 대회라는 점을 감안하면 실격 사유로 충분했다.

물론 서아의 머릿속은 그렇지 않았다. 곧 오른발을 우아하게 뻗을 것이고, 동시에 팔을 들어 올리며 미끄러지듯 우아하게 걷듯이 뛰다가, 리본을 던지는 동시에, 앞으로 한 바퀴를 구를 것이고, 가벼운 첫 번째 도약에 이어, 수도 없이 연습했던 안무에 맞춰 리본으로 아름다운 곡선을 그릴 것이고, 그 순간 박수가 터져 나오겠지. 딱 한 발만 떼면 되었다. 그러면 모든 것이 순조로울 것이었다. 그러나 현실은 그렇지 않았다. 눈앞이 아득했다. 사람들의 걱정스러운 수런거림도 들리지 않았다. 조금씩 숨이 차고 식은땀이 났다.

'첫 스텝만 떼면 되는데 다리가 너무 무거워.'

엉뚱하게 생일에 받은 라벨 인쇄기가 생각났다. 아빠가 사 준 선물이었다. '춤추는 서아'라고 자기 자신에게 붙이면 움직일 수 있을 것 같았다.

'라벨기를 어디에 두었더라. 집에 가고 싶다, 집에.'

서아는 간절하게 생각했다. 그 순간, 오른발을 뻗었다.

조금 전 서아의 차례가 되기 전이었다. 누군가 급하게 코치에게

정재희

다가와 귓속말을 했다. 코치는 몹시 놀란 것 같았다. 곤란하다는 듯 미간을 찌푸리며 입매가 일그러진 순간, 두 사람의 눈이 마주쳤다. 코치는 얼른 원래의 엄격한 눈매와 무표정으로 돌아왔다. 찰나의 순간이었다. 서아의 가슴이 철렁 내려앉았다.

'아빠가. 돌아가셨구나.'

경기를 완전히 망치지는 않았다. 순위권에 간신히 들어갈 정도였다. 지난 대회의 우승자가 올해도 트로피를 차지했다. 작년에 간발의 차이로 서아를 이겼던 아이는 의기양양한 표정을 지어 보였지만, 서아는 이미 탈의실을 향해 뛰어가고 있었다.

* * *

서아는 잘 울지 않는 아이였다.

아빠의 장례식장에서도 울지 않았다. 삼촌은 울음소리가 유난히 컸다. 엄마는 눈물을 흘렸지만, 표정도 소리도 없었다. 마른 얼굴을 잔뜩 찡그린 삼촌이 젖은 얼굴의 엄마를 위로했다. 하지만 삼촌은 몰랐을 거다. 더 이상 위기도 아니고 잃어버릴 것도 없을 때 몸을 낮춘 듯한 조용한 슬픔이 서아의 가족에게 스며들 것을.

구멍으로 처음 빠져나간 것은 소리였다.

아빠가 떠난 뒤 집에 커다란 구멍이 뚫렸다. 보이지는 않았지만 느낄 수 있었다. 아빠가 돌아가시자 거짓말처럼 턴테이블이 고장

났다. 기침 소리와 의료 침대의 기계음을 가려 주던 음악 소리가 꺼졌다. 그다음은 냄새였다. 아빠가 싫어했던 약 냄새뿐만 아니라 매일 쓰던 애프터셰이브 냄새까지 한꺼번에 빠져나갔다.

'영혼은 냄새일까?'

서아는 문득 생각했다. 엄마는 예전과 달리 가끔만 청소기를 돌렸고, 종종 난초를 죽였다. 여기저기 슬픔 같은 먼지가 조용히 쌓였다. 엄마와 서아가 자주 짓던 몇몇 표정이 사라졌다. 어느 날 엄마의 멀쩡했던 치아 하나가 빠졌다. 반만 웃거나 반쯤 침묵하는 날들이 많아졌다. 그럴수록 서아는 과장되게 몸을 들썩이며 집 안에 소리를 만들어 내려고 애썼다. 그때마다 춤을 추는 상상을 했다. 춤추는 상상을 하기 싫어 엇박자로 다리를 떨었다.

아빠가 보고 싶으면 옷장 안에 들어가 살며시 무릎을 안았다. 잠시 눈을 감았다 뜨면 사방에 별이었다. 서아의 키가 한 뼘 자랄 때마다 야광 스티커의 별빛도 점점 흐려졌다.

세 번째 주니어리듬체조대회를 앞두고 출전하지 않겠다고 하자 모두가 놀랐다. 코치는 무시했다가, 화를 냈다가, 요즘에는 자꾸 상담하자고 했다.

'누워 있는 아빠의 목에 메달을 걸어 드리고 싶었는데, 아빠가 안 계신 지금 이게 다 무슨 소용이람.'

서아는 고집스럽게 고개를 흔들었다.

체조를 그만두자 어른들은 끝없이 묻고 제안했다. "무얼 하고 싶은지 생각해 봐.", "뭐가 되고 싶니.", "이제부터라도 공부를 더 열심히 해야지." 고작 석 달밖에 지나지 않았는데도 그랬다. 서아는 대답하지 않았다. 견딜 수 없이 답답해지면 몰래 체육관을 기웃거렸다. 모두 가고 텅 빌 때까지 기다렸다가 평균대 위로 올라갔다. 높은 곳에 올라가서 팔을 길게 뻗으면 곧 날아오를 듯한 기분이었다. 하지만 평균대 위에서 춤을 추는 것은 위험한 짓이었다. 넓은 곳에서 춤추던 서아에게 평균대의 폭은 말도 안 되게 좁았고, 기어이 사고가 일어났다. 공중회전하다 떨어진 것을 감안하면 작은 부상이었다. 다행히 누군가 푹신한 매트를 여러 장 깔아 놓은 덕분이었다. 하얗게 질린 얼굴의 엄마가 병원으로 달려왔다. 누워 있는 서아보다 더 환자처럼 보였다. 좀처럼 큰 소리를 내지 않는 엄마가 화를 냈다.

"도대체 왜 그런 무모한 짓을 한 거야!"

서아는 입을 꼭 다물고 아무 말도 하지 않았다.

'하늘이 조금 더 가까운 것 같아서.'라고 말했다간 엄마가 울겠지.'

부상은 금방 나았지만, 엄마는 이제 한시도 서아에게서 눈을 떼지 않기로 작정한 사람 같았다. 조금이라도 위험해 보이는 운동이나 놀이는 모두 금지당했다. 체육관도 당연히 금지. 너마저 없으면 어떻게 사냐는 듯한 눈빛이었다. 외출조차 쉽지 않았다. 서아는 이제 진짜 울고 싶어졌다. 그래서 피아노를 쾅쾅 치며 페달을 밟았다. 듣기 싫은 소리가 났다.

집에서도, 학교에서도 서서히 말수가 줄었다. 예전과는 달리 아이들과 잘 어울리지 않았다. 늘 이어폰을 꽂고 음악을 듣는 척했다. 진짜 음악을 들을 때도 있었다. 자주 듣는 음악은 아빠가 가장 좋아하던 음악이었다. 그 음악은 콘서트 실황 녹음이었다. 누군가 공연장에서 기침하는 소리가 노래 중간에 함께 녹음되어 있었다. 아빠는 유독 이 곡에 애착을 가졌었다. 처음엔 기침 소리가 거슬렸지만 계속 듣다 보니 이젠 기침의 주인공이 가장 가까운 사람처럼 느껴졌다. 어쩌면 아빠의 기침인지도 몰랐다.

서아는 어느새 옷장 안에 들어가기엔 너무 커 버렸다. 다리를 떨지 않고, 소리를 만들어 내려고 애쓰지도 않았다. 대신, 라벨 출력기에 손가락을 올려놓고 두들겼다. 보이는 거의 모든 물건에 라벨이 붙기 시작했다. '향초', '솜이 사료', '로션', '필통'. 몇 번의 계절이 지나자 더 많은 곳에 라벨이 붙었다. '폰', '딸기 맛 치약', '오르골'…. 작은 라벨기의 자판을 두드리거나 출력할 때 나는 기계음이 위로가 되었다.

'확실한 이름이 붙으면 사라지지 않겠지.'

서아는 더 이상 무엇도 잃고 싶지 않았다. 친구를 사귀면 잃을까 무서웠다. 엄마는 그런 서아를 청소년 상담 센터에 데려갔다. 하지만 서아는 아픈 것이 아니었다. 조금 불안한 것뿐이었다. 상담을 다니기 시작한 뒤로는 보이지 않는 곳에 붙였다. 가방 바닥을 뒤집어 "가방"이라고 붙였다. 뚜껑을 열어 안쪽에도 붙였다. 나중엔 티

나지 않게 붙일 곳이 없었다. 상담 센터에 가서는 테이블 위에 손가락 글자를 썼다. 의미 없는 행동처럼 보이게 동작을 작게, 들키지 않게 살살. 어른들은 서아가 춤을 추지 않는 것보다 말을 하지 않는 것을 더 걱정했다. 그게 가장 이상했다.

서아의 생활이 전부 바뀐 것은 아니었다. 언제나 학교에서 돌아오는 길에 잠시 걸음을 멈추는 곳이 있었다. 길가를 향한 가게 선반 위에 나무로 만든 각종 공예품이 가득했다. 조금 돌아가는 길이었지만 그럴 이유가 충분했다. 거기에는 새가 있었다. 짙고 둥그스름한 배는 완만한 곡선을 그리며 날렵한 긴 꼬리로 이어졌다. 자세히 보지 않으면 지나칠 법한, 작은 크기의 조각이었다. 기다란 장대 위에 올라앉은 새는 언제든 날아오를 수 있지만 잠깐 쉬는 것뿐이라는 듯, 살짝 치켜든 턱이 귀여웠다. 나무 새 옆에는 윤기 나는 검은 레코드판이 돌아가고 있었다. 서아는 새와 함께 목공방 안에서 새어 나오는 음악을 듣다 집으로 돌아오곤 했다.

공방지기는 매일 비슷한 시간에 오기 시작한 서아를 유심히 보며 생각에 잠겼다. 왠지 낯익은 아이였지만 어디서 봤는지 알 수 없었다. 그는 아이에게 안으로 들어오라고 권하려다 그만두었다.

'궁금하지만 기다리자. 언젠가는 들어오겠지.'

이제는 창문 앞에 작은 그림자가 드리워지면 커피 내릴 시간이라는 것을 알았다. 그는 하던 작업을 멈추고 음악의 볼륨을 높인 다음, 느긋하게 커피 원두를 갈았다. 소녀를 위해 고른 음악을 틀

유성우가 내리는 날

어 놓기도 했다. 그가 만든 것들이 누군가의 발걸음을 멈추게 한다는 사실이 기뻤다. 작은 응원을 받는 기분이기도 했다.

그날은 평소보다 늦게 공방 문을 열었다. 좀처럼 없는 일이었다. 전날 밤, 모처럼 내린 유성우를 구경하고 잠이 들었는데 평소에는 잘 꾸지 않던 꿈까지 꾸는 바람에 늦잠을 자고 말았다. 늦은 것을 만회하려고 작업에 속도를 내 보았지만, 이상하게 일이 손에 잘 잡히지 않았다. 오전 내내 나무와 씨름하다 이제 막 포기하고 청소를 시작한 참이었다. 목공예 수업을 거쳐 간 사람들 대부분은 아이처럼 활짝 웃으며 완성된 것을 소중히 안고 돌아갔다. 그러나 가끔 공방에 남겨지는 작품들이 있었다. 세월이 지나자 서툰 조각들이 제법 쌓여 작은 상자 안을 채웠다. 차마 그것들을 그냥 버릴 수가 없었다. 그의 눈에는 하나하나 담긴 사연과 마음이 보였다. 그 속에 미완의 아름다움이 숨어 있기도 했다. 청소하던 끝에 오랜만에 상자 속을 살펴보던 그는 무심히 고개를 들었다가 창밖의 서아를 발견하고 조금 놀랐다. 방학 기간이라 한참 못 보던 아이였다. 더 놀라운 일은 따로 있었다. 금방 가 버리던 소녀가 오늘은 오랫동안 머물렀다. 게다가 춤까지 추고 있었다. 아이는 가볍게 몸을 놀려 스텝을 밟았다.

"어디서 봤더라…?"

동네 사람들을 대상으로 한 수업에는 다양한 이들이 왔다. 하지만 나무보다 음악과 삶에 대한 얘기를 더 많이 나눈 사람은 딱 한 명뿐이었다. 어느 날부터인가 그 남자가 보이지 않는 이유를 공방지기는 어렴풋이 짐작하고 있었다.

'병이 깊어지면서 수업을 연장하지 못하자 무척 아쉬워했었지.'

그때 미처 완성하지 못한 것도 바구니 안에 있었다.

'딸에게 줄 선물이라고 했었는데.'

그제야 아이가 낯익은 이유를 깨달았다. 그 남자의 휴대폰에 있던 사진이었다. 상자 안을 뒤적거리려 조각 하나를 찾아 손에 쥐고 급하게 몸을 일으킨 공방지기는 종소리가 요란하게 문을 열고 두리번거렸다. 바깥에는 아무도 없었다. 그는 손에 쥔 것을 만지작거리며 중얼거렸다.

"그랬구나. 이 녀석이 제 주인을 부른 거였어."

* * *

"왜 대답을 안 해. 너는 왜 말을 안 하니?"

교실이 일순 조용해졌다. 수런거리던 아이들도 호기심 어린 눈빛으로 새로 오신 선생님과 서아를 번갈아 보며 '큰일 났네.' 하는 표정을 지었다. 정작 서아는 그다지 기가 죽지도, 얼굴 어딘가에 딱히 반항기 같은 것이 떠오르지도 않았다.

"얘가 요즘 좀 그래요, 쌤."

누군가 변명해 주듯 입을 열었다. 마침 수업 종료를 알리는 종소리가 들려왔다. 선생님은 서아를 바라보며 무슨 말인가 더 할 듯하다가 그대로 몸을 돌려 교실을 나갔다. 아이들은 금방 무슨 일이 있었냐는 듯 재잘거리며 가방을 챙겨 하나둘 교실을 빠져나갔다. 방학 때 어디로 놀러 간다거나 뭘 할 것인가 하는 이야기들이 주요 화제였다. 서아는 일부러 느릿느릿 자리를 정리했다. 아까 대신 대답해 준 아이가 서아의 어깨를 톡 건드리더니 인사했다.

"방학 잘 보내."

서아는 마주 웃어 주려다 실패했다. 끌어 올리다 만 입꼬리가 내려오지도 못하고 주춤하며 떨렸다. 대신 가방 위에 집게손가락으로 "너도."라고 썼다. 웃는 얼굴도 덧붙였다.

교문을 나서는 색색의 우산들이 뜸해질 때까지 기다렸다가 서아도 집으로 향했다.

'굳이 버스를 타야 할까? 빗소리도 좋고, 공기도 이렇게 상쾌한데.'

서아는 공원을 가로지르는 길을 떠올리며 걷기 시작했다. 굳이 우산을 쓰지 않아도 좋은 부슬비였다. 발걸음이 가벼워 저절로 리듬이 실렸다.

'오늘은 할아버지 댁에 간다. 드디어 그 소년을 만날 수 있어!'

* * *

할아버지 집은 흰 벽에 스페인식 붉은 기와를 올린 2층 주택이지만 세월이 지나며 관리가 덜 된 탓에 이젠 다소 낡아 가는 산장처럼 보였다. 서아는 이 집을 무척 좋아해서 방학마다 이곳으로 왔다. 덕분에 마룻바닥 어디가 조금 들떠 있는지, 어디를 밟으면 살짝 삐걱하는 소리가 나는지, 언제 나뭇가지가 예쁜 그림자를 드리우는지 알았다. 아파트와는 달리 다락방이 있었고 풍경을 매달아 놓은 작은 마당도 있었다. 서아가 몇 년 전 입양한 솜도 이 집에 오면 신이 나서 이리저리 뛰어다녔다. 무엇보다도 아빠와의 마지막 추억이 이 집에 담겨 있었다. 하지만 이번 방학만큼은 집에만 있을 수 없었다. 지난번에 만난 그 애를 찾아야 했다.

그 소년을 처음 본 것은 지난 겨울 방학이었다.

솜을 데리고 저녁 산책 나간 길이었다. 구름이 많아 하늘이 흐렸다. 유성우가 내린다고 한 날이었지만 잘 보이지는 않을 것 같았다. 실망으로 발걸음이 점점 무거워졌다. 시무룩하게 공원에 들어서면서 누가 떠밀어서 마지못해 걷는 양 투덜거렸다.

"별도 보이지 않고 날씨도 추운데 괜히 나왔네."

밖에만 나오면 발랄한 솜이 부러울 지경이었다. 언덕 근처에 이르자 솜이 갑자기 빠르게 달려갔다. 덩달아 뛰게 된 서아는 잠시 숨을 고르다 목줄을 놓쳐 버렸다. 먼저 오르막길에 올라선 솜이 빨리 오라는 듯 짖었다. 헐레벌떡 솜을 쫓아 언덕 위에 올라선 서아의 눈이 동그래졌다. 나무 아래에서 누군가 춤을 추고 있었다.

발바닥이 지면에 닿을 때마다 따닥, 딱, 따다닥 경쾌한 소리가 났다. 서아는 홀린 듯 소년의 춤을 바라보았다. 바닥에 얌전히 엉덩이를 붙인 솜도 꼼짝하지 않고 꼬리만 맹렬히 흔들었다. 관객처럼

서 있던 서아가 스텝을 조금씩 따라 했다. 한 사람의 스텝을 나머지 한 사람이 반복하면, 그 후에는 두 사람의 스텝이 하나로 합쳐졌다. 합쳐진 리듬은 더 신이 났다. 한 곡이 끝나자, 누가 먼저랄 것도 없이 손뼉을 쳤다. 오랜만에 몸이 풀리는 기분이었다. 두 사람은 금방 친해졌다. 우연히 만난 아이 앞에서 춤을 추다니. 평소의 서아라면 하지 않았을 행동이었다. 둘은 숨이 찰 때까지 발바닥을 놀리고 서로를 놀리다 괜히 웃음이 터졌다.

"요즘 누가 탭 댄스를 춰?"

"춤에 유행이 어디 있어!"

근사한 리듬을 타는 아이였다. 춤 실력만큼 붙임성도 좋았다. 웃으면 오른쪽에 깊은 보조개가 패었다. 그 보조개가 낯설지 않아서 서아의 경계가 쉽게 풀어졌는지도 몰랐다. 둘은 나란히 앉아 하늘을 보았다. 흐려서 보이지 않을 뿐 유성우가 쏟아지고 있다는 것을 느낄 수 있었다. 상상 속 유성들은 아빠와 볼 때처럼 아름다웠다. 소년은 이야기를 잘했다. 들어주는 것은 더 잘했다. 시간이 흐르는 게 느껴지지 않을 정도였다. 마치 오랫동안 알아 온 사람처럼 눈빛이 친근했다. 소년에게서는 익숙한 향기가 났다. 잘 알고 있는 냄새 같은데 기억이 나지 않았다. 마치 말린 레몬을 되살려 놓은 것 같은 냄새였다. 낯선 사람을 경계하는 솜도 소년을 따랐다.

"다음 동작은 아라비안 더블이었어. 몸을 반 바퀴 뒤틀면서 공중에서 두 바퀴를 도는 기술. 그 동작을 나는 돌핑이라고 불렀어. 돌면서 핑. 새롭게 태어나는 기분이 들거든. 숨을 가다듬고 몸을 앞으로 기울여서 회전하는데 공중에서 무언가에 가로막혔어. 착지하기도 전에 무언가가 스윽, 하고. 나는 잠시 내가 사라졌다고 생각했어. 사라졌으므로, 아무도 보지 못한 거라고 생각했어."

서아가 잠시 말을 멈추고 눈을 감았다. 소년은 재촉하지 않고 다음 말을 조용히 기다렸다.

"…하지만 곧 날카로운 비명이 들렸어. 누가 칼을 휘둘러서 내 허리를 가른 것 같았어. 내 다리는 평균대 위에 있는데 상반신만 바닥에 떨어진 거야. 나는 상반신만 남은 몸으로 천장을 보았어. 내가 체육관 천장을 처음 보았다는 사실을 깨닫는 순간이었어. 어떤 꿈에서는 조금 달라. 나는 돌핑을 마치고 평균대 위에 안정적으로 착지했어. 바닥보다 편안하게. 누군가의 비명을 들은 건 다음 동작을 시작했을 때야. 그 비명과 함께 과거로 잡아당겨지는 거지. 비명 소리가 먼저였고, 내가 바닥으로 떨어진 게 나중이었어. 하늘이 몇 바퀴쯤 돌다가 멈췄어…"

심각하게 듣던 소년이 말했다.

"이제부터 춤출 때는 높은 데 올라가지 않겠다고 약속해. 높은 곳에 올라가고 싶으면 다락방에 올라가면 되잖아."

이튿날 아침엔 밥을 먹는 둥 마는 둥 하고 공원으로 달려 나왔다. 혹시나 했는데 또 만나다니. 이번엔 서아가 먼저였고 소년이 나중이었다. 서아는 소년을 보자마자 웃었지만, 소년은 어제와 좀 달랐다. 전날보다 차분했고 더 어른스러웠다. 자기 목도리를 벗어 다

정하게 감아 주기도 했다. 둘은 나무 아래 벤치에 나란히 앉아 멀리 기차가 지나가는 것을 보았다. 소년은 서아에 대해 알고 싶어 했다. 서아는 소년에게 아빠의 죽음과 그 후에 일어난 사고와 변화들을 이야기했다. 듣는 사람은 한 사람인데 온 세상이 귀 기울이는 것 같았다. 가끔 소년이 무언가 물으면 서아가 대답했다. 답하기 위해 스스로를 솔직하게 들여다보아야 하는 질문들이었다. 얼마나 시간이 지났을까. 나란히 앉아 아이스크림을 먹다가 멀리 기차가 지나가는 것을 본 소년이 갑자기 벌떡 일어나더니 급하게 언덕을 내려가며 큰 소리로 외쳤다.

"다음 방학에 유성우가 또 내리니까. 또 보자!"

'연락처도 안 주고, 뭐 저런 애가 다 있담. 유성우라니, 그때까지 어떻게 기다리라고.'

그 뒤로도 몇 번이나 더 공원에 가서 서성거렸지만, 소년을 만나지 못하고 개학일이 다가왔다. 서아는 여름만 손꼽아 기다렸다. 유성우 뉴스도 자주 찾아보고 탭 댄스도 연습했다. 위험한 운동은 안 된다던 엄마도 괜찮다는 표정이었다.

"엄마도 젊었을 때 아빠랑 열심히 췄지. 신발도 아직 있을걸?"

엄마는 며칠씩 창고를 뒤져서 대부분의 상자를 열어 본 끝에 마침내 그걸 찾아냈다. 엄마가 의기양양하게 내민 신발은 낡았지만 서아의 발에 꼭 맞았다. 둘은 한동안 주말마다 탭 댄스가 나오는 영화를 보다 잠들었다.

* * *

할아버지 집 마당에 들어선 서아는 눈이 커다래졌다. 겨울의 황량했던 풍경과는 달리 푸른 마당에 소담스러운 수국이 동그란 얼굴들을 뽐내듯 내밀고 있었다. 부드러워 보이는 흰 치자꽃 옆에는 샐비어가 피어 있었다. 빨간 꽃잎 하나를 따서 밑동을 입에 물자 달콤한 맛이 났다. 예감이 좋았다. 신발을 벗기가 무섭게 어릴 때처럼 달려들어 와락 껴안는 서아를 보고 할아버지는 조금 놀라며 등을 토닥였다. 엄마가 서아를 향해 밉지 않게 눈을 흘겼다.

저녁을 먹은 서아는 잠과 싸우며 계획을 세웠다. 이번에는 공원에서 하루 종일 기다릴 참이었다.

'무슨 핑계를 대고 나갈까? 솜을 데려갈까, 말까….'

점점 느리게 눈을 깜박이다 마지막으로 떠올린 것은 풍경이 아니라 소리였다. 발바닥으로 캐스터네츠 같은 소리를 울리는 소년의 탭, 탭, 탭이 파도처럼 귓속에서 넘실거렸다. 잠든 서아의 곁에 솜이 바싹 몸을 붙였다. 엄마가 이마에 흩어진 잔머리를 쓸어 주고 홑이불을 덮어 주었다. 어디선가 부엉이가 울었다.

마당에서 신문을 읽던 할아버지는 늦잠이 많은 서아가 새벽부터 문을 나서자 눈을 크게 떴다. 서아는 보란 듯이 솜의 목줄을 흔들며 밖으로 나왔다. 둘은 약속이나 한 듯 공원으로 향했다. 공원에 들어서자 잠깐 멈칫했다. 낮이 되면 더울 테지만 이제 막 동이 튼 여름의 아침. 공원은 신비스러울 만큼 고요하고 서늘했다. 기묘한 빛으로 가득 찬 정지 화면 속에 서아의 그림자가 드리워졌다. 솜도 비슷한 걸 느꼈는지 바짝 붙어 걸었다. 새소리가 들려왔다. 세상이 점점 깨어나고 있었다. 운동하는 사람 두엇이 바쁘게 지나갔다.

'저 사람들은 몇 시에 일어난 것일까?'

서아도 그들을 따라 뛰었다. 귓가에 스치는 바람이 상쾌했다. 솜이 먼저 언덕이 있는 방향으로 향했다. 멀리 언덕을 보자 심장이 빠르게 뛰었다. 마음은 이미 그곳에 닿았지만 언덕을 끼고 실개천을 따라 빙 돌았다. 모퉁이 편의점의 아이스크림 매대 앞에서 서성거리자 솜이 깡, 하고 짖었다.

아빠는 퇴원할 때마다 젤라또를 사 왔었다. 서아는 커다란 통에서 노을색을 골라 맨 나중에 먹었다. 그 부분이 좋아서였다. 원하는 양만큼 많지 않았다. 적게 있는 것은 소중하다. 노을빛 아이스크림에서는 달고 슬픈 맛이 났다. 아빠가 돌아가시고 난 뒤 엄마는 가끔 아빠처럼 아이스크림을 사 왔다. 이제 먹을 사람이 없는 바닐라 맛만 제외하고. 엄마는 최대한 아빠의 빈자리를 메꾸려는 사람처럼 먹거리를 잔뜩 사서 쟁여 두곤 했다. 전에는 없던 습관이었다.

소년과 함께 먹었던 아이스크림에서도 아빠가 사 주던 것과 비슷한 맛이 났다. 아이스크림을 한 입 문 서아는 왠지 아까운 생각이 들어 한참 동안 그걸 손에 쥐고만 있었다. 아이스크림이 녹아 바닥 위에 분홍색, 오렌지색 동그라미들이 번졌다. 서아의 손에도 노을이 번졌다. 소년은 그걸 보고 웃으며 손수건을 건넸었다.

'손수건을 갖고 다니는 남자애라니! 역시 이상해.'

천천히 언덕 위에 올랐다. 혹시나 했는데 아무도 없었다. 길게 늘어진 버드나무 가지만 바람에 살랑거리고 있었다. 실망스러웠지만 전망을 보기 위해 올라온 척, 먼 곳으로 시선을 던졌다. 아래쪽 광장의 분위기가 수상했다. 사람들이 커다란 현수막을 걸고 풍선으로 만든 아치형 구조물을 세우는 것이 보였다. 서아는 솜을 안고 길게 늘어진 나뭇가지 아래의 벤치에 앉았다. 아이스크림을 먹는 동안, 공원 입구에서부터 급한 대각선으로 언덕이 시작되는 곳까지 하얀 천막들이 솟아올랐다. 축제가 있는 모양이었다.

'사람이 많이 모이면 소년을 찾기가 더 쉬울까, 힘들까?'

인파가 점점 많아졌다. 호기심 때문에 더 이상 참을 수 없게 된 서아가 솜과 함께 언덕을 내려왔다. 공원이 북적이는 인파로 빠르게 채워지고 있었다. 어디선가 맛있는 냄새가 풍겨 오고, 풍선을 나누어 주는 사람들도 있었다. 원형 무대 쪽은 음악과 군중들의 소리로 요란했다. 댄스 배틀이 열린 모양이었다. 서아는 낑낑거리는 솜을 내려놓지 않고 사람들 사이를 비집고 섰다. 퍼포먼스는 근사했지만 전혀 달랐다. 번갈아 나와서 춤을 추는 사람 중 그 소년은 없었다. 그래도 춤추는 사람들은 멋있었다. 잠깐 구경만 하려던 생각과는 달리, 서아가 자기도 모르게 슬쩍슬쩍 리듬을 타고 있을 때였다.

"쟤, 서아 아냐? 뭐든 이름표 붙이는 애."

"그러게. 웬일이래. 이런 데를 다 오고."

"누군데?"

"있어. 리듬 체조 하다가 다치고 아빠도 돌아가시고. 아, 거꾸론가?"

"일부러 떨어졌다는 소문도 있더라."

"나도 들은 것 같아. 우승 못 할 것 같으니까 다친 척한 거 아냐?"

"아니래. 진짜 많이 다쳤었대. 그래서 이제 운동도 춤도 영 안 된다더라."

"관심 받으려고 그냥 불쌍한 척하는지도 몰라."

"하여튼 실력도 안 되면서 관종 짓 하기는."

대화는 지나치게 잘 들렸다. 일부러 소리 높여 하는 말이니까 당연했다. 학교에서도 비슷하게 수군거리는 애들이 있었다. 굳이 아니라고 말하긴 귀찮고 누굴 찾아 뭘 해명해야 할지도 알 수 없었다. 하지만 춤을 못 춘다는 말은 처음이었다.

'내가, 춤을?'

팔에 힘이 들어갔는지 품속에서 얌전히 웅크리고 있던 솜이 낑낑거렸다.

'또 모른 척 지나갈까?'

그때 사회자와 눈이 마주쳤다. 왠지 눈빛이 다정했다. 착각인지도 몰랐다. 서아는 이끌리듯 앞으로 걸어가 솜이를 그에게 안기면서 입을 열었다.

"아저씨, 제 강아지 좀 잠깐만 봐 주세요."

서아가 가운데로 나가며 앞으로 크게 회전했다. 원래는 공이나 후프를 지니고 하는 건데 아무것도 없으니 그런 것쯤 쉬운 일이었다. 사람들의 탄성을 들으며 스텝을 밟기 시작한 서아는 긴 팔을 뻗었다가 다리를 최대한 가슴 쪽으로 끌어 모았다. 그리고 빠른 회전에 이은 버티컬 점프. 신체가 지면에 거의 수직인 자세였다. 환호성이 터져 나왔다.

몇 번이나, 몇 번이나. 차원을 통과해서 다른 우주로. 다시 여기로. 가깝게, 멀게. 다시 가깝게. 동그랗게 몸을 말아 회전하면 찰나의 순간, 공중의 문이 열리는 기분이었다. 물구나무서기 자세를 취하면서 여유 있게 발끝을 까닥거리던 서아는 상체를 회전시키며 단번에 일어나 두 손을 엇갈리며 인사하는 듯한 동작을 했다. 흥분한 사회자의 멘트와 박수를 들으며 서아는 솜이를 재빨리 안아 들고 군중 속을 빠져나왔다. 충분히 멀어지자 아까 떠든 아이들 쪽은 쳐다보지도 않고 중얼거렸다.

"너희 보라고 춘 거 아냐."

* * *

예전에는 샤워를 마치면 머리를 수건으로 감싼 채 가습기 옆에서 시간 보내기를 좋아했다. 침대에 누워서 지내는 시간이 자꾸만 길어지는 아빠에게 재롱을 피우기 위해서였다. 가습기가 뿜어내는 수증기는 무대 특수 효과였다. 서아는 터번을 두른 먼 나라의 공주님이나, 두건을 쓴 집시가 되었다. 줄무늬 수건을 쓴 날은 파라오가 되는 날이었다. 아빠는 그런 서아를 바라보며 빙그레 미소 지었었다. 수건을 조금 접어 이마에 단정하게 대서 나머지 머리를 전부 감싸 뒤로 넘기고, 가습기 곁으로 더 가깝게 다가섰다. 이제 서아는 작고 하얀 어린아이가 아니라, 파란색에 노란 줄무늬가 있는 머리 장식을 쓴 이집트의 왕이었다. 서아는 색색의 수건을 쓰고 애틋하거나 용감한 표정을 지으며 어울릴 법한 대사를 했다. 아빠가 머리카락은 언제 말리냐고 놀리면, 마지막으로 가장 아끼던 캐릭터의 차례였다. '진주 귀걸이를 한 소녀'. 수건을 반만 틀어 올린 다음, 비스듬히 앉아 침대 옆에 놓인 탁상 거울 속에 비친 아빠를 바라보았다. 귀걸이만 있으면 딱인데! 수건에 인쇄된 '제00회 기념' 같은 글자는 없다고 칠 수 있었지만, 진주 귀걸이가 있다는 가정은 상상만으로는 잘되지 않았다. 엄마는 서아가 중학생이 되면 귀를 뚫어 준다고 약속했지만 지키지 않았다. 마지막으로 사냥꾼이 될 차례였다. 헤어드라이어 바람에 머리카락이 흩날리게 하면서 눈을 감고 외쳤다.

"말머리를 북쪽으로! 따그닥, 따그닥!"

서아는 우스꽝스러운 스텝을 밟으며 춤을 추었다. 아빠는 웃음을 터뜨렸다.

"우리 서아는 누구 닮아서 못 하는 게 없지?"

이제 거울 속에는 서아뿐이다.

하지만 오늘은 아빠 생각으로 감상에 빠지거나 수건 놀이를 할 겨를이 없다. 서둘러 나갈 생각이었다. 솜을 두고 혼자서 좀 더 멀리 가 볼 생각이었다. 서재 앞 지날 때는 까치발을 드는 것도 잊지 않았다. 살금살금 현관까지 오는 데는 성공이었다. 운동화를 구겨 신은 서아가 현관문에 손을 댄 찰나였다.

"서아, 왜 이렇게 바빠?"

'들켜 버렸네.'

긴장한 손가락이 변명을 찾아 달싹거렸다.

"오전 내내 나가 있었는데 또 나가? 해가 이렇게 뜨거운데 모자도 안 쓰고. 엄마가 쓰던 모자 찾아봐. 다락방 서랍에 있을 거야."

왠지 웃음기를 띤 목소리였다. 서아는 크게 눈을 깜박였다.

'지금 엄마가 외출을 말리지 않은 거지? 나가도 된다는 거지?'

* * *

머리 위 가는 거미줄이 침입에 동요한 듯 떨렸다. 박공지붕 아래 다락방은 기억보다 좁았지만 여전히 환했다. 이곳에 올라오면 커다란 시계 속에 들어온 뻐꾸기 같았다. 바닥에서도 뻐꾹뻐꾹 소리가 들렸다. 천장이 높은 곳을 따라 발을 들고 걸었는데 햇살에 자꾸만 발등을 들켰다. 비스듬하게 낸 길고 좁은 창문으로 따듯한 볕이 스며들고 있었다. 빛은 바닥에 길게 누워 부드러운 음영을 만들었다. 서아는 품에 안고 있던 솜을 내려놓고 조심스럽게 걸음을 옮겼다. 어릴 때와는 달리 머리가 천장에 닿을 듯 말 듯 아슬아슬했다. 벽 쪽으로는 작은 책상과 아무렇게나 쌓여 있는 상자들이 있었는데 열려 있는 상자 위로 제법 큰 범선이 기우뚱하게 나와 있었다. 빨간색 닻이 다섯 개나 달려 있었다. 그 옆으로는 언제 적 물건인지 알 수 없는 오디오와 LP들, 낡은 안락의자에는 줄이 끊어진 기타가 세워져 있었다. 낯익은 물건이었다. 아빠는 코드 잡는 법을 가르쳐 주었다. 콧등이 시큰해졌다.

'엄마가 말씀하신 모자는 어디에 있는 걸까.'

두리번거리다 뒤에서 무언가 긁는 소리에 뒤를 돌아본 서아는 고개를 갸우뚱했다. 마치 조금 전까지 누군가 있었던 것처럼 책상 위에 연필과 연필깎이 등이 널브러져 있었다. 창밖의 매미가 울음을 멈췄다. 솜이 서랍 앞에서 앞발을 세우고 흙을 파는 듯한 행동을 하더니 서아를 채근하듯 보았다.

'아, 그래. 서랍이라고 하셨지.'

연필 하나가 떨어져 또르르 굴러갔다. 서아는 커다란 서랍장 앞으로 다가가 상판을 쓸어 보고 구릿빛 손잡이를 당겼다.

끼이이이익.

육중한 서랍이 열리며 기이한 소리를 냈다. 어디 허락도 없이 내

속을 들여다보려 하느냐는 듯한 소리였다. 어디선가 부스럭거리는 소리가 들렸다.

'쥐라도 있는 걸까? 쥐는 싫은데. 오래된 집이니까 작은 요정 같은 존재가 살지도 몰라. 이왕이면 은빛의 가는 막대기를 들고 있는 요정이었으면 좋겠다. 어쩌면 소원을 들어줄지도 몰라.'

두리번거리다 1시 20분에서 멈춘 괘종시계와 눈이 마주쳤다. 시계의 얼굴이 커다랬다. 멈춰 있는 추가 똑, 딱, 똑, 딱, 하는 환청이 들리는 듯했다. 솜이 작게 한 번 짓더니 열린 서랍장 앞에서 맴을 돌았다.

'솜아. 뭘 원하는 거야. 탐색에는 시간이 필요하다고.'

첫 번째 서랍 안에는 녹슨 하모니카, 작은 망원경, 속이 비어 있는 만년필 상자, 엄마와 주고받은 연애편지들… 그리고 알록달록한 성냥갑들이 있었다.

'오래전에는 카페마다 기념 성냥이 있었나 보다.'

가족 모두가 나들이 가면 아빠는 안내 책자나 홍보물을 잔뜩 챙겨 와서 엄마가 질색하곤 했다. 아빠가 얼마나 오래 아픈 것을 참고 병을 숨겨 왔는지 가족들은 알지 못했다. 병이 탄로 난 것도 병원에서 무심코 가져온 배포용 건강 정보 책자 때문이었다. 나중에 생각해 보니 가장 먼저 아빠의 이상 징후를 감지한 것은 솜이었다. 집 안에서는 서아만 졸졸 따라다니던 솜이 언제부턴가 출근하는 아빠를 오래 붙들고 끙끙거리며 놓아주지 않았다. 아빠가 들어

유성우가 내리는 날

오면 무릎에서 비켜나질 않았다. 솜은 마치 다 아는 것처럼 산책을 조르지도 않았다. 아빠가 병원 치료를 포기하고 집 안에서만 머물던 마지막 계절, 서아는 아빠가 다 나은 것이 아닐까 생각했다. 아빠의 표정이 점점 평온해졌고 눈빛도 전처럼 맑았다.

"아빠 멀쩡한데 뭐가 문제라는 거예요?"

"네가 집에 있을 때만 그러시는 거야."

엄마가 한숨을 쉬며 말했다. 나중에는 서아가 있어도 아빠는 신음을 숨길 수 없게 되었다. 환자의 눈 밑에 한 겹의 그림자가 더해질 때마다 엄마는 점점 작아지는 마트료시카 인형이 되었다.

어느 날 밤, 아빠가 별을 보러 나가자고 했다. 그 얘기를 하는 표정이 마치 쓰러지기 전으로 돌아온 듯 명랑하고 활기차서 해 질 무렵 다 같이 나왔다. 모처럼의 가족 외출이었다. 솜이 신이 나서 정신없이 꼬리를 흔들고 폴짝폴짝 앞서 뛰어가다 뒤를 돌아보기를 반복했다. 해가 지자, 밤하늘의 무대에 온갖 모양을 가진 별들이 하나둘 등장했다. 점점이 박힌 별들을 이어 보면 온갖 모양들이 나타났다. 반짝이는 모래알을 흩뿌려 놓은 듯한 별빛이었다. 서아는 별을 따라 손가락을 움직였다. 돌고래를 그렸더니 꼬리가 조금 흔들린 것 같았다. 둥그스름한 등을 따라 별빛이 모였다. 완만하게 오르는 곡선에 별이 하나 모자라서 눈을 가늘게 떴다. 그러자 서아가 그린 물고기들이 한꺼번에 춤을 추었다. 가는 모래알이 굴러가며 구름을 간지럽히는 소리를 들었다. 서아의 마음에 솜사탕같이 몽글몽글한 감정이 가득 차 점점 부풀어 올랐다. 다 같이 둥실둥실

떠오르는 것은 아닐까. 엄마도 아빠 손을 꼭 잡고 놓지 않았다. 아빠는 자꾸 서아의 머리를 쓰다듬었다.

그 계절이 끝나기 전 아빠의 신발이 모두 현관에서 치워졌다. 솜이 언짢은 얼굴을 하고 몇 번 짖다가 시무룩하게 엎드렸다. 서아가 집에 들어와도 꼬리를 흔드는 박자가 아빠가 살아 계실 때보다 조금 느려졌다. 맘껏 기뻐하는 것을 망설이는 것처럼 보여서 안쓰러웠다.

서아는 다음 서랍을 열었다.

갈색 종이봉투에 든 서류들.

'재미없다.'

마지막 서랍은 조금 깊었다. 손가락을 펴서 안을 더듬었다. 손바닥보다 작은 노래책과 카세트테이프들.

'귀여워.'

커다란 휴대폰, 접는 휴대폰…. 그 아래 반가운 것이 있었다. 아빠의 어린 시절 일기장이었다. 서아는 제목을 보고 자지러지게 웃으며 아빠를 놀리곤 했었는데. 빛바랜 초록색 표지에 못 보던 얼룩이 동그랗게 생겨 있었다.

'아빠는 커피 잔을 아무렇게나 놓는 오랜 습관을 마지막까지 고치지 못하셨지.'

서아는 일기장을 펼쳐도 별 내용이 없다는 것을 알고 있었다. 그래도 다시 펼쳐 보고 싶었다. 아빠가 누워 있던 침대, 텅 비어 있는 그 침대조차 그리웠다.

'아빠의 글자라도 봐야지.'

기타가 놓여 있던 소파에 눕듯이 기댄 서아는 일기장을 펼치자마자 피식 웃었다.

"〈나의 사랑 일기〉"

이렇게 써 놓고도 별 사랑 이야기가 쓰여 있지 않아서 더 웃겼다. 하긴 엄마랑 만나기 전까지 아빠는 연애 경험이 없는 것 같았다. 언젠가 서아가 직접 물어보기도 했으니 틀림없을 거다.

"아빠는 엄마가 첫사랑이었어요?"

"아니, 내 첫사랑은 너지."

"뭐예요. 엄마한테 이른다?"

"쉿. 절대 말하면 안 돼. 너와 나만의 비밀이야."

'그 대화를 했을 때만 해도 아빠는 그렇게 많이 아프지 않았는데….'

서아는 만지면 바스러지기라도 할까 봐 걱정하는 사람처럼 조심스럽게 글자를 손으로 쓸어 보았다.

'보고 싶다, 아빠….'

그런데 뭔가 이상했다. 얇은 종이 뒤로 빽빽한 글자가 비쳤다. 급하게 다음 장을 넘긴 서아의 눈이 커졌다. 일기가 가득 채워져 있었다. 서아는 얼른 뒷장을 넘겼다. 거기도 마찬가지였다. 다시 뒷장을 넘겼다. 그다음 장에도, 또 그다음 장에도….

'뭐지? 분명 지난번에 봤을 땐 일기가 반의반도 없었는데?'

* * *

2018년 1월 10일

유기견을 데려왔다. 서아가 직접 강아지 이름을 지었다.
솜털 같은 눈이 내리는 날 집에 와서 솜이란다.
이것으로 모든 것이 좀 더 선명해졌다.

솜은 원래 우리 식구였던 것처럼 금방 적응했다.
부디 서아가 외롭지 않게 좋은 친구가 되어 주길.

이제 정말 얼마 남지 않았다.
이 얘기를 어떻게 전할지 고민하다 좋은 생각이 떠올랐다.
이제부터 과거를 기록하기로 했다.

딸이 태어나 아내가 이름을 지어 줬을 때부터 어렴풋하게 알고 있었다.
오래전, 그 일이 꿈이 아니었다는 것을.

어렸을 때부터 별똥별이 떨어지면 꼭 한 가지 소원을 빌었다.

유성우가 내리는 날

사랑하는 사람들을 오래 지킬 수 있게 해 달라고.

꼭 필요한 순간에 사랑하는 사람의 곁에 있게 해 달라고 말이다.

언덕 위에서부터 시작된 유성우 여행과

함께 별을 보다 친해져 결혼까지 하게 된 아내와의 첫 만남을.

서아가 처음 걸었던 날, 우리가 얼마나 기뻐했는지 써야겠다.

온 세상을 얻은 것처럼 행복해서 하루 종일 어쩔 줄 몰랐던 일을.

자라면 탭 댄스를 가르쳐 줘야겠다고 생각했던 것을.

작고 앙증맞은 댄스 슈즈를 신겨 줄 생각에 들떴던 그날.

날 닮아서 춤을 잘 출 것이라고 했더니 아내가 얼마나 웃었는지.

잘 추지 못하면 또 어떤가.

네가 춤을 추는 즐거움을 알게 되는 것만으로 충분하다고.

그날부터의 일기여야 하겠지.

아직 일어나지 않은, 밀린 일기들을 기록하자.

우리의 추억이 있는 미래를.

너의 희망을 위한 과거를.

1993년 12월 2일

기차가 지나가는 것을 보려고 언덕 위에 올라간 것이 아니었다.

정재희

모든 뉴스마다 이틀에 걸친 우주 쇼가 펼쳐진다고 난리였다. 이틀 동안이라고는 해도 낮에 내리는 유성우는 태양 빛에 가려 육안으로 보기 힘들 거였다. 관측하기 좋은 장소에는 사람이 몰릴 것이 뻔하니 그 언덕이 생각났다. 별을 기다리는 동안 연습하려고 댄스 슈즈도 따로 챙겼다. 그곳은 주변에 공원을 조성한다는 소문만 무성할 뿐, 가파른 경사 때문에 인적이 뜸했다.

그 소녀는 어디선가 갑자기 나타났다.

여기까지 잘도 올라왔네 싶을 정도로 작고 창백한 아이였다. 그러거나 말거나 난 계속 춤을 추었다. 얼마나 집중했는지 강아지가 같이 보고 있는 줄도 몰랐다. 한참이 지났는데도 여전히 입을 헤 벌린 채 넋 놓고 내 춤을 구경하는 소녀를 보니 역시 탭 댄스가 최고지 싶었다. 곁눈으로 유성우가 떨어지는 것을 느낄 수 있었지만, 관객이 있는데 어떻게 공연을 멈춰? 어느새 소녀는 같이 춤을 추기 시작했다. 제법 잘 따라 했다. 어디서 배운 걸까? 이 스텝을 어떻게 아는 거지? 궁금증을 뒤로하고 연습했던 안무와 처음 하는 동작까지 공연하는 기분으로 스텝을 밟았다. 중간에 약간 삐끗한 것을 눈치채지 못했기를 빌며 마지막 동작을 하자 소녀는 한 박자 늦게 손뼉을 쳐 줬다. 나는 망설이다 그 애에게 다가가 말을 걸었다. 이상했다. 어딘지 그리운 느낌이 들었다. 게다가 저 아이. 어딘지 내 동생과 닮은 구석이….

아까부터 소녀가 손에 쥔 납작하고 네모난 거울이 은은하게 발광하고 있었다. 거울을 너무 자주 보는 것이 아닌가 싶었는데 손에서 떼어 놓지도 못하는 걸 보니 무척 소중한 물건인가 보았다.

아니, 너 예뻐. 예쁘다고. 거울 좀 그만 봐.

차마 소리 내서 말할 순 없었지만.

우리는 탭 댄스가 나오는 뮤지컬 영화에 나온 노래를 부르며 춤을 추기도 했다. 처음 듣는 노래도 있었다. 어지간한 영화는 다 찾아서 봤다고 생각했는데 모르는 뮤지컬 영화가 있다니 당황스러운 일이었다. 소녀는 나에게 이런저런 영화들을 아냐고 물어봤다. 그걸 듣느라 시간이 가는 줄도 몰랐다. 내가 얼마나 바보인지도 몰랐다. 나중에 생각해 보니 모든 것이 조금씩 이상했다.

기차가 지나가는 소리에 놀라서 서둘러 내려온 뒤에야 가장 큰 실수를 깨달았다. 그 애의 연락처를 묻지 않다니. 하지만 더 머물렀다가는 집에서 혼이 날 거였다. 유성우를 보지 못한 것이 조금 아쉽지만 내일 낮까지 온다고 했으니, 조금만 자고 해가 뜨기 전에 다시 가야겠다고 마음먹었다. 겨울이라 밤이 길어서 다행이다. 운이 좋다면 유성우를 볼 수 있겠지. 그런데 그 언덕에 있는 느티나무가 그렇게 커다랬던가? 그 강아지는 왜 그렇게 날 좋아하지? 원래 사교성이 좋은가? 그런데… 그 애도 다시 올까? 나는 꼬리를 무는 생각을 정리하고 알람을 세 개나 맞춰 놓고 잤다.

1993년 12월 3일

이럴 수가. 내가 지금 어디에 있는 거지.

정재희

나는 유성우를 보다 해가 떠오르기 시작해서야 이상한 점을 깨달았다.

산 아래 깔린 철로를 거짓말처럼 빠르게 지나가는 기차에 KTX라는 글자가 쓰여 있었다. 도로에 다니는 차들도 단 한 번도 보지 못한 것들이었다. 도로 광고판을 본 뒤엔 주저앉을 뻔했다. '2024년 별빛 페스티벌.' 응? 2024년? 몇 번이나 글자가 맞는지 확인했다. 도대체 무슨 일인지 알 수 없었다. 거의 구르듯 언덕 아래로 내려갔다. 잘 닦인 산책로와 처음 보는 편의점. 내가 엉뚱한 방향으로 내려왔나. 갑자기 목이 탔다. 홀린 듯 안으로 들어선 뒤엔 더 놀랐다. 처음 보는 물건들이 가득했다. 생수가 말도 안 되게 비쌌다. 불안한 마음으로 오천 원을 내밀었다. 아저씨가 잠깐 멈칫하고 돈을 앞뒤로 자세히 살펴보더니 거스름돈을 주었다. 그것도 이상했지만 받은 동전은 더 이상했다. 아저씨를 흉내 내서 동전을 살펴보는데 나도 모르게 웃음이 나왔다. 잔뜩 때가 탄 오백 원짜리에 2020년이라고 적혀 있었다. 내가 아직 꿈을 꾸고 있는 것일까 싶었다.

가끔 학교에 지각하면 학교 가는 꿈을 꾸는 것처럼, 침대에 누워서 유성우를 보러 밖으로 나온 꿈. 아직 자고 있는 내 몸과 내 머리가 사이좋게 만드는 상상력 충만한, 중간 지대…치고는 너무 구체적이었다.

편의점을 나오려다 걸음을 멈췄다. 아저씨가 보던 티브이 속에서 리포터가 활기차게 말하고 있었다.

– 어제는 흐려서 시민들께서 유성우를 보기가 힘드셨는데요, 너무 실망하지 마시기 바랍니다. 여름에 또 볼 기회가 있다고 하네요.

나는 당황하면 걷는 습관이 있었다. 열심히 걷고 또 걸었다. 꿈에서도 습관은 바뀌지 않는구나 생각하면서. 그런데 아무리 왼쪽이나 오른쪽으로 여러 번 꺾어도 아까의 편의점이 다시 나왔다. 언덕을 중심으로 커다란 원을 따라 걷는 기분이었다.

"아, 역시 꿈이야!"

묘한 서운함과 안도감을 동시에 느끼면서 큰 소리로 외쳤다. 그러면 꿈에서 깰까 싶어서 여러 번 말했다. 그러나 깨기는커녕 그사이에 해가 완전히 떠올라 주변이 밝아졌다. 어쩔 수 없이 다시 언덕 위로 올라갔다.

그 애다!

어젯밤의 그 소녀가 나무 아래 앉아 있었다. 그 애가 강아지를 불렀다.

"솜아! 윤솜! 멀리 가지 말라니까."

'윤…솜? 강아지가 성이 있어? 나랑 같은 성이네? 이건 꿈같기는 한데 꿈같지가 않잖아. 아니, 그러니까 이건 꿈이어야 하는데. 꼬집으면 아프고, 더운 것도 느껴지고, 배가 고파서 꼬르륵 소리까지 들리는 꿈도 있구나. 말도 안 돼.'

소녀를 향해 끌리듯 걸었다.

걷는데 이상하게 눈이 시렸다.

한 걸음마다 유성우가 떨어졌다.

별이 떨어질 때마다 어떤 기억들이 채워졌다.

가 본 적도 없는 장소와 사람들, 깜짝 놀랄 만큼 늙은 부모님과 나.

지금보다 더 작은 저 소녀와 소녀를 닮은 여자.

춤을 추는 아이와 주변을 맴도는 강아지.

동그스름한 자동차에서 폴짝 내리는 아이와 입학식의 노란 모자.

목말을 태워 달라며 내미는 작은 손.

아기의 첫 발음에 환호하는 내 목소리.

바둥거리는 작은 발.

저 애가 누군지 알 것 같았다.

말도 안 되게 커다란 느티나무 아래서

말도 안 되게 사랑스러운 아이가

말도 안 되게 환하게 웃고 있었다.

나는 잠깐 걸음을 멈추고 울었다.

* * *

서아의 어깨가 노랗게 물들었다. 어느새 해가 지고 있었다. 어둑해진 다락방 안에 멈춘 줄 알았던 괘종시계의 타종이 울려 퍼졌다. 서아의 발치에 얌전히 앉아 있던 솜이 일어나 길게 하품하고 톡톡 소리를 내며 다락방을 내려가는 계단 앞에 섰다. 서아는 떨리는 손으로 일기장의 마지막 장을 펼쳤다.

유성은 떨어지는 게 아냐

유성우가 내리는 날

환하게 타오르는 거야.

타고 나면 사라지잖아.

사람들도 결국 다 사라져.

찬란했던 순간이 중요한 거지.

하지만 완전히 사라지는 게 아냐.

우리의 기억 속에 남는 거지.

상처는 사람을 성장시키기도 하고

자기만의 세상에 감금시키기도 해.

혼자 웅크리고 있으면 그 안에 갇혀서 나올 수가 없어져.

서툴러도 괜찮아. 실수해도, 완벽하지 않아도 괜찮아.

서아야.

유성우가 내리는 날, 언덕으로 와.

― 아빠가.

* * *

공원의 가장 높은 지대에 거의 다 왔을 때쯤, 구름이 물러가고 하늘이 개고 있었다. 언덕 아래까지 한달음에 달려온 서아가 헐떡

정재희

이는 숨을 고르며 언덕을 오르기 시작했다.

어디선가 독특한 박자가, 분명 비는 멈췄는데 무언가 리드미컬하게 땅을 두드리고 있었다. 따닥따닥 딱딱딱. 따다다다닥 딱따닥. 마치 손뼉을 치는 것도 같고 키보드 두들기는 소리를 키운 것 같기도 했다. 서아는 소리가 나는 방향으로 더 올라갔다. 해가 지기 직전이었다. 빨간 체크무늬 셔츠를 입은 소년이 발을 구르고 있었다. 춤추는 실루엣이, 파란 물컵에 주홍색 물감을 떨어뜨린 듯한 하늘을 배경으로 일렁거렸다. 실루엣의 머리카락이 나풀거리며 서아를 향해 허리를 굽히더니 스텝을 밟았다. 빗물이 고인 건지 소리가 달라지기도 했다. 찰박거리는 발소리는 아까의 '따닥, 딱'보다 가볍고 어쩐지 간지러웠다. 소년은 마른 땅과 젖은 땅을 번갈아 밟고 손가락을 튕기며 리드미컬한 박자를 연주했다. 리듬은 서아와 가까워졌다가 멀어지고, 다시 가까워지기를 반복했다. 소년이 만들어 내는 소요로 여러 개의 동그라미들이 물웅덩이에 생겨났다. 눈부신 비늘을 반짝거리는 물고기들이 빛의 동심원 가운데 떨어졌다. 악기가 된 듯한 소년이 날듯이 크게 뛰며 한쪽 발을 미끄러뜨리자 빗방울들이 웃음을 터뜨리며 거꾸로 점프했다. 그리고 유성우가, 몸전체가 빛나는 화살 같은 별들이 쏟아지기 시작했다.

유성우가 내릴 때면 소년을 만났다.

서아가 어른이 될 때까지 꽤 오랫동안이었다.

나중에도 서아는 생각만 하면 언제든 그때로 돌아간 듯 선명하게 떠올릴 수 있었다. 꼬리가 긴 요정들이 지구에 착륙하는 장면을, 소년의 발장단이 리듬을 타던 것을. 시간이 늘어났다 줄었다, 그 아이의 목소리가 어땠는지, 비가 내린 후의 풀 냄새와 입술에 떨어진 물방울의 맛까지 모조리 그때인 것처럼 느낄 수 있었다. 하지만 세월이 지나자 소년을 만난 것이 먼저였는지 일기장을 본 것이 먼저였는지는 도무지 기억해 낼 수 없었다.

비 플러스

조은정

발레는 아름다운 춤입니다.

아름답고, 잔인하죠. 모든 동작과 손끝, 시선에는 정답이 있습니다.

그렇기에 외모에도 정답이 있다는 착각에 빠지기 쉬워요.

하지만 발레는 예쁜 몸이 아닌

아름다운 움직임을 지향한다고 믿습니다.

이 글을 읽은 여러분도 저와 같은 생각이었으면 좋겠습니다.

비 플러스(B Plus)

발레에서 무대에 등장하기 직전에 취하는 기본 준비 동작.

'조금만, 조금만 더….'

현이는 호흡을 작게 내뱉었다. 한 발로 까치발을 서서 중심을 잡아야 하는 파세 밸런스. 아이들 사이에서는 은근한 경쟁이 벌어졌다. 호흡을 흡 하고 들이마시는 순간 중심이 흔들렸다. 현이의 뒤꿈치가 바닥에 닿으면서 작은 소리를 냈다.

'아… 또 쿵 떨어졌어.'

현이는 못내 아쉬운 표정을 지었다. 오른쪽으로 고개를 돌리자 바로 옆에서 바를 쓰고 있는 예인이의 뒤꿈치가 사뿐히 내려오고 있었다. 오늘은 학원 월말 평가가 있는 날. 발레 학원 전공생 반에서는 한 달에 한 번씩 시험을 보고, 등급을 매긴다. 바 워크와 센터 워크, 각자의 작품까지 평가 요소에 들어간다. 그리고 체중까지도. 발레 전공생들 사이에서는 '입시 몸무게'라는 표현이 공공연하게 쓰였다. 자신의 키에서 120을 뺀 숫자가 적정 몸무게였다. 그 숫자를 넘기면 감점이 되었다. 현이는 항상 체중에서 감점을 받았다.

현이는 테크닉이 뛰어나다는 평가를 받는 학생이었다. 안정적인 턴과 시원시원한 점프가 현이의 주특기였다. 하지만 발레를 하기에는 다소 다부진 체형이 문제였다. 식사량을 줄이고 운동량을 늘려 봐도 체중은 쉽게 줄지 않았다. 청소년기가 되면서 체형이 변하기 시작하자 현이의 고민은 더욱 깊어졌다. 학교의 다른 친구들은 빨리 어른 몸매를 가지고 싶어 했지만, 현이는 반대였다. 2차 성징이 달갑지 않았다. 몸이 점점 무거워지는 느낌이 못 견디게 불편했다.

월말 평가는 순조롭게 끝났다. 발레 '돈키호테' 1막에 등장하는 '키트리 바리에이션'이 현이의 입시 작품이었다. 경쾌한 음악에 맞추어 캐스터네츠를 들고 뛰고 돌고를 반복하는 것이 특징인데, 사실 현이는 이 작품을 별로 좋아하지 않았다. 현이가 좋아하는 작품은 좀 더 느리고 우아한 것들이었지만, 현이와 잘 어울리지 않는다는 이유로 해 볼 수 없었다. 키트리 바리에이션이 선택된 데에는 접시같이 빳빳한 클래식 튜튜를 입지 않는 작품이라는 이유도 있었다.

"그 커다란 엉덩이를 어떻게든 가려야 하지 않겠니?"

원장 선생님은 한숨을 쉬며 이렇게 말했다. 클래식 튜튜를 입으면 다리가 적나라하게 드러나기 때문에 체중 감량의 압박이 더 컸다. 그래서 현이는 언제나 무릎까지 내려오는 의상을 입는 작품들만 해 왔다.

현이가 다니는 발레 학원 '스완 스튜디오'는 엘리트 발레 학원이었다. 입시 결과가 무척 뛰어나서 전공생들 사이에서는 인기가 많았는데, 아무나 들어갈 수 있는 게 아니었다. 학원에서 수업을 받기 위한 테스트가 따로 존재했고, 공석이 생기기를 몇 달씩 기다리는 아이들도 있었다. 현이는 중학생이 되면서 겨우 학원에 다닐 수 있게 되었다. 원장 선생님은 국립 발레단 출신으로, 엄격함의 대명사였다. '발레, 아무나 하는 거 아니다'라는 철학을 가지고 있었기에 학업 성적이 떨어져도 안 되었고, 학원에서 요구하는 체중도 맞춰야 했다.

이 엄청난 압박감을 견뎌 내지 못하고 그만두는 경우도 적지 않았다. 현이보다 한 살 많은 하영이는 거식증에 걸리고 발목 부상이 와서 발레를 그만두었다. 하영 어머니는 학원을 찾아와 아이들에게 너무 가혹한 교육 방식을 고쳐야 한다고 주장했지만, 원장 선생님은 단호했다.

"그 정도 압박감을 못 이기면 어차피 무대에 못 섭니다, 어머니. 프로 무용수가 되면 부담감은 점점 더 커질 텐데, 그땐 어떻게 하시려고요?"

현이와 친구들은 고성이 오가는 원장실 근처에서 숨죽이고 대화를 들었다. 현이는 원장 선생님 말이 맞다고 생각했다. 발레는 원래 그런 거고, 어려움은 이겨 내라고 있는 거니까. 하지만 예고 입시가 다가오고, 체중 감량 압박이 들어오자 현이는 정신을 차리기가 힘들었다. 하루에도 몇 번씩 발레를 그만두고 싶다는 생각이 들었다. 하지만 이제 와서 그만두면 지는 것 같아서 그럴 수 없었다.

"월말 평가 결과 발표합니다."

원장 선생님의 나지막한 목소리에 웅성웅성하던 아이들 목소리가 눈 깜짝할 사이에 사라졌다. 모두가 원장 선생님 입만 바라보고 있었다.

"신예인, 에이 플러스."

현이 옆에 앉아 있던 예인이가 안도의 한숨을 쉬었다. 주변 친구들이 작은 목소리로 예인이를 축하해 주었다. 예인이는 현이에게 늘 복잡한 기분을 느끼게 하는 친구였다. 발레를 하기 위해서 태어난 몸이라고 해도 좋을 정도로 날씬하고 기다란 팔다리가 돋보였다. 게다가 끈기 있고 집중력도 좋아서 발레 학원의 명실상부한 에이스가 되었다. 누구에게나 친절하기까지 해서 친구들은 물론 동생들에게도 인기 만점이었다. 예인이는 현이에게도 좋은 친구였다. 서로 스트레칭을 도와주며 친해졌다. 하지만 현이는 어쩔 수 없이 예인이에게 열등감을 느꼈다. '예인이 같은 몸을 가졌다면 더 좋은 성적을 낼 수 있지 않을까.' 매일 그렇게 생각했다.

"이현, 비 플러스."

원장 선생님의 말을 들은 현이는 자기도 모르게 탄식을 내뱉고 말았다. 눈앞이 캄캄해지는 것 같았다. 이후에는 선생님이 하는 말이 잘 들리지 않았다. C 등급을 받으면 학원을 그만둬야 하기 때문에 C 등급을 받은 아이들은 울음을 터뜨렸다. 한바탕 소란이 지나가고, 드디어 월말 평가가 끝났다.

"오늘 A 등급 받은 애들만 로잔 콩쿠르 나갈 수 있는 거 알지? 예인이, 현서, 준우는 끝나고 남아. 나머지 사람들도 좌절하지 말고

142

예고 입시 긴장 놓지 말아."

A 등급 받은 아이들은 친구들 눈치 보느라 마음껏 기쁜 티도 내지 못했다. 현이는 예인이에게 억지로 웃어 주었다.

터덜터덜 탈의실로 향하는 현이에게 원장 선생님이 다가왔다.

"현아, 네가 왜 비 플러스가 됐는지 아니? 체중 때문이야. 발레 잘해 놓고, 체중에서 다 감점됐다고. 억울하지 않니? 화 안 나?"

현이의 얼굴이 점점 빨개졌다.

'울지 않을 거야.'

현이는 계속해서 이렇게 되뇌며 입술을 꼭 깨물었다. 하지만 눈물이 그렁그렁 차오르는 건 어쩔 수 없었다.

원장 선생님이 현이의 귀에 속삭였다.

"지금 이 기분을 항상 기억해. 뭘 먹을 때마다 떠올려. 그리고 어떻게 해야 할지 생각해 봐. 이대로라면 너, 예고 입시도 위험해."

현이 눈에서 결국 눈물이 한 방울 떨어졌다. 원장 선생님의 말 때문이 아니었다. 콩쿠르에 나갈 수 없게 되었다는 사실이 더없이 절망적이었다. 로잔 콩쿠르는 현이의 인생 목표 중 하나였다. 매년 겨울 스위스 로잔에서 열리는 국제 콩쿠르로, 만 15세에서 18세 학생들만 참가할 수 있었다. 로잔 콩쿠르는 다른 콩쿠르들과 조금 다른 방식으로 운영되었는데, 무대 위에서의 모습만 평가하는 것이 아니라 일주일 동안 수업하는 모든 순간이 평가 대상이 되었다.

참가자들은 일주일 동안 세계적인 무용수들에게 직접 수업을 받을 수 있는 기회가 생겼다. 그리고 최종 수상을 하지 못하더라도 끝이 아니었다. 전 세계 발레단과 발레 학교 관계자들이 참관하기 때문에 그 사람들 눈에 띄면 좋은 기회를 얻을 수 있었다. 실제로 수많은 학생이 장학금을 받고 발레 학교에 입학하거나 발레단에 입단했다.

현이는 내심 발레 학교 유학을 꿈꾸고 있었다. 한국의 무용 입시 기준으로 현이는 명백한 과체중이지만 외국 발레 학교와 발레단은 조금 달랐다. 점차 다양한 체형의 무용수들을 받아들이는 추세였다. 그래서 로잔 콩쿠르에 가서 외국 발레 학교 관계자들의 눈에 들 수 있지 않을까 하는 희망을 가졌다. 일반 중학교에 다니는 현이는 고등학교만큼은 꼭 예고를 가고 싶었다. 그리고 가능하다면 더 큰 세계를 경험하고 싶었다. 하지만 이제 모두 물거품이 되었다는 생각에 땅이 꺼지는 기분을 느꼈다.

학원을 나서자 다른 친구들의 엄마들이 줄지어 기다리고 있었다. 학원 앞 주차장에 차들이 가득 찼다. 발레 전공생 엄마들은 특히 열성적이었다. 시간 맞춰 차로 아이들을 학원에 데려다주는 건 기본이었다. 어떤 엄마는 차를 개조해서 차 안에서도 스트레칭을 할 수 있게 만들어 놓기도 했다. 하지만 현이의 부모님은 맞벌이를 했다. 현이의 엄마는 현이가 발레를 시작하면서 부업을 하나 더 늘려야 했다. 그런 사정을 알기에 현이는 불평할 수 없었다. 하지만 콩쿠르 날 도시락을 바리바리 싸 들고 아이들을 따라오는 엄마들이 부러운 건 어쩔 수 없었다.

아이들은 저마다 자기 엄마를 찾아 주차장으로 뛰어갔다.

그때, 현이를 알아본 민서 엄마가 손을 흔들었다.

"현이야, 안녕! 지하철역까지 태워 줄게."

"아줌마 안녕하세요. 저, 괜찮아요. 안녕히 가세요."

민서 엄마의 큰 목소리에 괜히 얼굴이 빨개진 현이는 황급히 발걸음을 옮겼다. 민서가 뭐라고 소리치는 것 같았지만 듣지 않았다. 현이는 걸어서 10분 정도 거리에 있는 지하철역으로 향했다.

"이번 역은 약수, 약수역입니다. 내리실 문은 왼쪽입니다. 응암, 봉화산 방면으로 가실 고객께서는…."

지하철에 탄 지 얼마 되지 않아 현이는 다시 몸을 일으켰다. 현이의 집은 환승을 해서도 한참 가야 하는 곳이었다. 집과 학원의 왕복 거리는 거의 세 시간이었다. 환승 통로를 걸어가는데 다리가 욱신거렸다. 얼른 집에 가서 눕고 싶은 생각뿐이었다.

집에 도착한 현이는 엄마와 아빠의 눈을 똑바로 바라볼 수가 없었다. 아빠는 신문지를 펼쳐 놓고 발톱을 깎고 있었다.

엄마가 무심한 듯 물었다.

"오늘 평가 어떻게 나왔어?"

현이는 눈을 마주치지 않은 채 옷을 벗으며 대답했다.

"비 플러스 받았어."

엄마는 작게 한숨을 쉬었다. 식탁에는 저녁상이 차려져 있었다. 엄마와 아빠 몫으로는 된장찌개와 밑반찬이, 현이 몫으로는 닭 가슴살 한 덩이와 오이, 방울토마토가 놓여 있었다. 저녁 식사는 매일 거의 같은 메뉴였다. 저녁에는 탄수화물을 먹을 수 없었다. 현이는 기계적으로 자기 앞에 놓인 음식들을 씹고, 삼켰다. 맛은 느껴지지 않았다. 된장찌개 냄새가 현이의 코를 자극했지만, 현이는 애써 무시했다.

식사를 시작하고 한참 만에, 아빠가 입을 열었다.

"그 로잔인가 뭔가 하는 콩쿠르는, 안 나가게 된 거지?"

현이는 고개를 들지 않고 고개를 끄덕거렸다. 엄마가 현이의 어깨를 다독였다.

"그래, 차라리 잘됐어. 꼭 나가야 하는 건 아니잖아."

엄마 말에 현이는 순간 울컥했다.

현이는 자기도 모르게 날 선 목소리를 냈다.

"나는 꼭 나가고 싶었다고."

엄마는 그런 반응이 익숙하다는 듯 계속 밥을 먹으며 말을 이었다.

"거기 나가는 데 돈이 한두 푼 드는 것도 아니고. 비행기표만 해도 얼마야. 그리고 간다고 상 탄다는 보장도 없잖아."

현이는 어깨가 움츠러드는 기분이었다.

현이의 목소리 크기가 작아졌다.

"그래도… 거기서 상 받으면 외국 발레 학교에 장학금 받고 갈 수도 있어."

엄마는 숟가락을 내려놓고는 현이를 향해 몸을 돌렸다.

"현아, 우리 형편에 유학은 무리야. 장학금 받는다고 해도 생활비는? 엄마는 네가 한국에서 고등학교 갔으면 좋겠어. 마음 같아선 예고 말고 인문계로 갔으면 싶은데."

현이는 벌떡 일어섰다.

"예고 안 가면 발레 하기 더 힘들어! 계속 학원 다녀야 한다고. 그리고 대학 입시도 예고 가야 더 유리하단 말이야."

현이는 엄마가 무어라고 대답하기 전에 방으로 들어와 문을 닫았다. 하지만 방문 너머로 부모님의 말소리가 그대로 들려왔다.

아빠의 나직한 목소리가 현이의 귀를 파고들었다.

"애한테 왜 그런 얘길 하고 그래."

"알 건 알아야지…. 우리 형편에 발레 시키는 거, 무리야. 이제 점점 돈 들어갈 일만 남았는데. 감당할 자신 없어."

엄마의 한숨 소리는 크고 깊었다. 현이는 침대에 누워 이어폰을 끼고, 이불을 뒤집어썼다. 벽에 붙어 있는 '호두까기 인형' 포스터도 보기 싫었다. 포스터 속 발레리나는 새하얀 튜튜를 입고 환하게 웃고 있었다.

현이가 처음 본 발레 공연이 '호두까기 인형'이었다. 크리스마스에 텔레비전에서 방영하는 특집 방송이었다. 화면 속에서 빙글빙글 돌며 춤추는 발레리나의 모습에 마음을 빼앗기고 말았다. 다섯 살 현이는 하루 종일 까치발로 다니며 춤을 추었고, 그 모습을 본 엄마는 현이를 발레 학원에 데려갔다.

첫 수업 후, 선생님은 엄마에게 말했다.

"현이가 힘이 좋아요, 어머님. 꾸준히 시켜 보시는 거 어때요?"

그날 이후, 발레는 현이에게 가장 재미있는 놀이였고, 가장 열중하는 공부가 되었다. 하지만 마냥 즐겁기만 했던 발레가 입시로 다가오면서 상황은 달라지기 시작했다. 동네 발레 학원을 떠나 입시 전문 발레 학원으로 옮겨야 했고, 발레만 잘해서 되는 게 아니라는 것을 깨달았다. 한국 발레 입시에서는 요구하는 체형이 명확했고, 부모님의 지원이 중요했다. 콩쿠르에 자주 나가서 수상 경력을 쌓는 것이 유리했지만, 한 번 콩쿠르에 나가려면 작품비, 의상비, 분장비에 참가비까지 들었다. 현이에게는 이 모든 것들이 버거웠다.

휴대폰 알람이 울렸다. 현이는 이불 속에서 훌쩍이며 휴대폰을 확인했다. "스트레칭 시간"이라는 글자가 깜빡거렸다. 현이는 부스스 몸을 일으켰다. 그리고 방 안에 있는 매트 위에 엎드렸다. 밤마다 하는 스트레칭과 근력 루틴. 현이는 계속 눈물을 훔치면서도 정해진 동작들을 모두 하고 나서야 불을 끄고 잠이 들었다.

다음 날 오후. 학교를 마친 현이는 다시 학원으로 향했다. 지하철을 갈아타고 가면서도 현이는 계속해서 발레 영상을 보았다. 자신을 찍은 영상을 반복해서 돌려 보면 무엇이 문제인지 알 수 있기 때문이었다. 화면 속 현이는 힘차게 동작을 수행하고 있었다. 다른 친구들에 비해서 점프력과 표현력이 좋은 현이는 어떨 땐 정말로 날아다니는 듯한 느낌을 주었다. 원장 선생님도 인정하는 에너지였다. 하지만 지금 현이의 눈에는 그저 살이 쪄서 무거워진 몸만 보였다. 연습할 때는 스커트를 입지 않고, 수영복처럼 생긴 레오타드만 입기 때문에 몸의 선이 더 적나라하게 보였다.

학원 건물 앞에서 현이는 걸음을 멈췄다. 오늘도 체중을 잴 텐데, 점심 급식이 맛있어서 남김없이 식판을 비운 게 생각났다. 학원에 들어서기 전, 현이는 건물 화장실로 들어갔다. 그리고 목구멍에 손을 집어넣어 점심을 게워 냈다. 먹은 지 꽤 됐기 때문인지 개운하게 비워진 느낌이 들지 않았다. 현이는 얼른 물을 내리고 세면대에서 입을 헹궜다. 그리고 고개를 들었는데, 거울 속에 민서가 팔짱을 끼고 서 있었다. 현이는 자신도 모르게 소리를 지를 뻔했다.

"너, 그렇게 무식하게 토하면 식도만 상하고 효과도 별로 없어. 차라리 관장약을 먹는 게 낫다고."

민서는 누가 봐도 전공생이었지만 키가 작았다. 키가 작으니 기준 몸무게는 더욱 내려갔다. 민서 엄마는 민서의 키를 크게 하기 위해서라면 무엇이든 할 기세였다. 하지만 키가 크려면 잘 먹어야 했고, 그러면 체중도 늘었다. 그래서 민서는 각종 약과 치료 요법을 섭렵했지만 효과는 크지 않았다. 민서의 정수리는 현이의 코끝에 겨우 닿았다.

민서와 현이는 건물 복도 계단에 쭈그리고 앉았다. 민서는 지퍼백에 든 아몬드를 몇 알 꺼내서 오도독 씹어 먹었다. 현이에게도 권했지만 현이는 고개를 저었다. 민서가 현이 가방에 달린 백조 인형을 만지작거리면서 말했다.

149

"난 발레리나를 백조에 비유하는 게 이해가 안 돼. 백조는 다리가 길어서 한 번만 차도 앞으로 슉 하고 나간다고."

민서의 말에 현이는 웃음이 나왔다.

"맞아. 진짜 힘든 건 오리지. 다리도 짧아 가지고 백조가 한 번 움직일 때 서너 번은 움직여야 겨우 속도가 맞는대."

두 친구는 서로 마주 보고 깔깔대며 웃었다. 하지만 그 웃음 뒤에는 자조 섞인 한숨이 새어 나왔다. 현이는 괜히 점퍼에 달린 지퍼를 만지작거렸다.

민서는 현이를 툭 치더니 속삭이듯이 말했다.

"현아, 너 살 빼고 싶지? 내가 약 하나 줄까?"

현이의 눈이 커졌다. 전공생들 치고 다이어트 약 한번 생각해 보지 않는 경우는 드물었지만 미성년자들이 약을 구하기란 쉬운 일이 아니었다. 그리고 효과 역시 입증되지 않았다. 하지만 그러고 보니 최근 민서의 라인이 날렵해져 있었다.

현이의 그런 마음을 눈치챘는지, 민서가 말을 이었다.

"나, 한 달 동안 3킬로 뺐어. 내 키에 3킬로면 얼마나 많이 뺀 건지 알지? 엄마 몰래 약 먹고 뺀 거야."

현이의 심장이 쿵쿵 뛰기 시작했다.

"무슨… 약인데?"

"나비약. 나비 모양으로 생겼거든. 이거 먹으면 식욕도 없어지고 살도 쭉쭉 빠져. 내가 먹어 봐서 알아."

현이는 솔깃해졌지만 짐짓 무관심한 척 물었다.

"얼마야?"

"그게… 몰래 사야 돼서 좀 비싸. 한 달치가… 20만 원 정도?"

현이는 헉 하고 숨을 들이쉬었다. 현이의 한 달 용돈이 교통비 포함 15만 원이었다. 교통비로만 10만 원 정도가 나가기 때문에 여윳돈이 많지 않았다. 저금통에 모아 둔 돈을 다 합쳐도 10만 원 안쪽이었다.

민서는 그런 현이를 빤히 쳐다보다가 작은 비닐봉지에 담긴 나비약 몇 알을 건넸다.

"자, 이건 그냥 주는 거야. 먹어 보고 생각 있으면 말해 주고."

현이는 홀린 듯이 약을 받아 들었다. 손 위에 놓인 약은 생각보다 작았다. 이 작은 약이 정말 살을 빼 줄 수 있을까, 의심스러웠지만 누가 보기 전에 얼른 주머니에 집어넣었다. 현이와 민서는 열심히 침을 뱉고 학원으로 들어갔다. 현이는 여지없이 기준 체중을 넘겼고, 선생님은 혀를 끌끌 찼다. 하지만 현이는 이전처럼 주눅 들지 않았다.

'이제 나에겐 약이 있어.'

현이는 이렇게 생각하니 뭐든지 할 수 있을 것 같은 기분이 들었다. 그래서인지 동작도 더 잘되는 기분이었다.

그날 저녁, 현이는 나비약을 먹었다. 약을 먹는 것만으로도 살이 빠질 것 같은 기대감이 밀려왔다. 그날 밤, 현이는 꿈을 꾸었다. 꿈속 현이는 분명 같은 현이였지만 뭔가 달랐다. 그토록 원하던 목표 체중에 도달한 현이는 훨씬 가벼워졌다. 이 상태라면 몇 시간이고 발레를 할 수 있을 것 같았다. 현이는 로잔 콩쿠르에 갔다. 거기에서 현이가 가장 좋아하는 학교인 영국 로열 발레 학교 선생님이 현이에게 다가왔다.

'원더풀, 원더풀!'

현이는 환하게 미소 지었다. 우아하게 인사를 하려는 순간, 현이는 꿈에서 깼다.

현이에게는 아침마다 지켜야 하는 루틴이 있었다. 스트레칭을 하고, 근력 운동 하는 모습을 영상으로 찍었다. 그리고 발레 학원 원장 선생님에게 보냈다. 하루라도 빼먹으면 원장 선생님의 불호령이 떨어졌다. 보통 루틴을 끝내고 나면 빨리 아침을 먹고 싶어서 주방으로 향하곤 했다. 하지만 이날은 달랐다. 배고픔을 느끼는 감각이 사라진 것 같았다.

'이게 바로 약의 효과인가.'

현이는 기대감에 부풀었다. 아침은 건너뛰기로 했다.

효과는 점심시간에 극명하게 나타났다. 보통 3교시부터 현이의 머릿속엔 온통 먹는 생각으로 가득 찼다. 하지만 점심시간이 되어도 별로 배가 고프다는 느낌이 들지 않았다. 평소보다 음식을 적게 배식받았지만 몇 술 뜨자 더 먹기가 싫었다. 현이는 처음으로 반 이상을 남겼다.

그런 현이 모습에 반 친구가 고개를 갸웃했다.

"현이, 이제 정말로 다이어트 하는 거야? 대단한데?"

"그냥, 오늘은 별로 식욕이 없네."

친구에게 대충 둘러댔지만, 현이는 속으로 계속해서 놀라고 있었다.

'이게 진짜 되네?'

그리고 학원에서 체중을 쟀을 때, 놀라움은 기쁨으로 바뀌었다. 처음으로 체중이 줄었던 것이다. 원장 선생님은 현이를 칭찬했다. 바 워크를 하는 현이의 몸짓이 가벼웠다.

바 워크가 끝나고 다 같이 바를 옮길 때, 민서가 현이에게 다가와 속삭였다.

"어때, 효과 죽이지?"

현이는 민서를 향해 작게 엄지를 들어 보였다. 민서는 눈을 찡긋하며 토슈즈를 신으러 갔다. 수업 시간 내내 현이는 민서에게 약을 부탁해야겠다는 생각을 했다. 클래식 발레 클래스에 현대 무용 수업 그리고 개별 작품 연습까지 이어진 후에야 수업은 끝이 났다. 재빠르게 옷을 갈아입은 현이와 민서는 다시 건물 계단으로 향했다. 현이가 먼저 말을 꺼냈다.

"나비약 살래. 어떻게 해야 해?"

민서는 그럴 줄 알았다는 듯 씩 웃었다.

"토요일 오후에 학원 앞 공원에서 거래해. 토요일은 우리 엄마, 동생 축구 수업 따라가느라 나 데리러 안 오거든. 사고 싶으면 네 것도 준비해 달라고 말해 놓을게. 돈은 구했어?"

민서의 말에 현이가 재빨리 답했다.

"그, 그럼. 20만 원 맞지?"

민서가 고개를 끄덕였다.

"응. 몰려다니면 눈에 띄니까 내가 네 것까지 사다 줄게. 학원에서 기다리고 있으면 돼."

집으로 돌아가는 길, 현이는 고민에 빠졌다. 20만 원을 어디서 구할지 막막했다. 하지만 효과를 체험한 이상 무슨 수를 써서라도 구해야겠다고 다짐했다. 지난 밤, 현이는 가진 돈을 끌어모았다. 10만 5천 250원. 10만 원을 더 구해야 했다. 하지만 엄마에게 약을 산다고 말할 수는 없었다. 집에 도착한 현이는 저녁을 먹는 둥 마는 둥 하고 스트레칭 루틴을 마쳤다. 그리고 거실에서 텔레비전을 보고 있는 엄마에게로 갔다.

현이는 심호흡을 하고 말을 꺼냈다.

"엄마, 나 토슈즈 사야 해. 돈 좀⋯."

현이 엄마의 미간이 찌푸려졌다.

"이달 초에 세 켤레 사 줬잖아. 그게 벌써 다 무너졌어?"

현이는 엄마의 눈길을 슬쩍 피하며 대답했다.

"요즘 날이 습해서⋯ 그리고 발레 숍에서 현금가 세일하고 있대. 두 켤레 정도 사 놓으려고."

현이 엄마는 현이에게 의심의 눈초리를 보냈지만, 결국 지갑을 열었다. 5만 원짜리 두 장이 현이 손에 쥐어졌다.

"아껴서 신어. 길들일 때 꼭 강화제 바르고. 그거 바르면 그래도 좀 오래 신잖아. 그리고 너무 세게 부수지 말고…."

"알았어요, 알았어."

현이는 황급히 방으로 들어왔다. 침대에 누워서 마음을 진정시키려 했지만 심장이 두근두근 뛰었다. 엄마에게 거짓말을 한 것이 처음은 아니었지만, 이번에는 정말로 나쁜 짓을 하는 기분이었다. 하지만 약의 효과를 생각하고 마음을 다잡았다.

'살만 빼면 돼. 그러면 콩쿠르도 나갈 수 있고 예고도… 붙을 수 있어.'

현이는 다리를 90도로 들어 벽에 기댄 채로 잠이 들었다.

토요일 오후, 민서는 약을 사 와서 현이에게 건네며 복용 방법과 주의 사항을 다시 한번 알려 주었다.

"약은 하루에 한 알만. 반으로 쪼개서 먹는 사람들도 있어. 아껴 먹고 싶으면 그렇게 해도 된대. 이거 먹고 술 마시면 안 된다는데 우리한텐 해당 사항 없고… 이상하다 싶으면 바로 그만 먹어야 되고. 알겠지?"

현이는 민서의 말을 한 귀로 흘려들었다. 집에 도착한 현이는 책상 서랍 가장 깊은 곳에 약을 숨겨 두었다. 혹시라도 방을 정리하러 들어온 엄마의 눈에 띄면 안 되기 때문이었다. 그래도 안심이 되지 않아 서랍을 한참 뒤져서 서랍 열쇠를 찾아냈다. 서랍을 열쇠로 잠그고, 열쇠를 소중히 지갑에 넣었다.

나비약을 먹은 현이는 다른 사람이 되었다. 항상 허기에 시달렸는데 이제 먹을 것에 무심해졌다. 그러다 보니 자연스럽게 살이 빠졌다. 현이의 자신감은 수직 상승했다. 동작도 더 잘되는 것 같았다. 원장 선생님은 다른 아이들 앞에서 체중 감량에 성공한 현이를 본받으라고 치켜세워 주었다. 지난번 월말 평가에서 비 플러스를 받아서 로잔 콩쿠르는 나갈 수 없게 되었지만, 이번 월말 평가에서 처음으로 에이 플러스를 받았다. 현이는 한국에서 열리는 콩쿠르에 참가할 수 있게 되었다. 결과는 특상. "힘이 넘치고 밝은 에너지가 돋보인다."는 심사평을 듣고 현이는 감격의 눈물을 흘렸다.

기쁨은 오래가지 않았다. 남은 약의 개수가 줄어들면서 현이는 점점 불안해졌다. 약을 먹지 않고 버텨 보려 하는 날도 있었다. 하지만 약을 먹지 않으면 불안해서 발레를 제대로 할 수 없었다. 그리고 무엇보다 식욕을 주체할 수 없었다. 한번 뭔가를 먹기 시작하면 멈출 수 없었다. 그러고는 죄책감을 느끼며 먹은 것을 토해 냈다. 학교 급식을 다 먹고도 학원 오는 길에 토스트를 먹은 현이는 화장실에서 먹은 것을 모조리 게워 냈다. 그리고 어지러움을 느끼며 학원에 들어섰다.

예인이가 그런 현이를 빤히 쳐다보았다. 현이는 괜히 뜨끔했지만 아무렇지 않은 척 예인이에게 인사를 했다. 한참을 현이만 바라보던 예인이는 현이에게 같이 화장실에 가자고 말했다. 하지만 예인이가 향한 곳은 건물 계단이었다. 현이는 예인이가 무슨 말을 할지 알 것 같았지만 아무 말도 듣고 싶지 않았다. 예인이는 이미 다 알고 있는 표정이었다.

"현아, 멈춰."

현이는 심장이 철렁 내려앉았다.

'진짜 알고 있구나.'

하지만 이내 예인이에게 화가 났다. 모른 척해 줄 수도 있는데 굳이 말을 해야 할까 싶었다.

"네가 뭘 알아? 너처럼 타고난 몸을 가진 애들은 절대 이해 못 해!"

현이의 날 선 말에도 예인이는 차분했다.

"그래, 현아. 이해한다고 말하지 않을게. 하지만 그래도 걱정은 할 수 있는 거잖아. 약 먹는 건 너무 위험해. 너, 하영 언니 알지? 그 언니도 약 먹어서 그렇게 된 거야."

현이는 모르고 있던 사실이었다.

하지만 현이는 물러서지 않았다.

"그게 뭐? 하영 언니는 부상 때문에 그만둔 거잖아. 나는 용량 지켜서 먹으니까 괜찮을 거야. 지금까지 아무 문제 없었어."

예인이는 고개를 저었다.

"아니, 너 요즘 힘 떨어졌어. 너는 못 느껴? 네 매력이 사라지고 있다고. 그리고 그 약 부작용도 심각하대. 너도 느낄 거 아냐."

예인이의 진심이 현이에게도 느껴졌다.

하지만 현이는 퉁명스럽게 내뱉었다.

"내 일은 내가 알아서 해. 난 아무 문제 없어."

예인이는 안타까운 눈빛으로 현이를 바라보았다.

"현아, 원장 선생님 말이 언제나 옳은 건 아니야. 너 안 뚱뚱해. 네 춤이 얼마나 생동감 넘치는데. 나는 네가 스스로의 춤을 사랑했으면 좋겠어."

예인이에게 큰소리치고 돌아섰지만, 현이는 마음이 무거웠다. 약을 먹고 변화가 생긴 건 사실이었기 때문이다. 어느 순간, 현이의 귀에 목소리가 들리기 시작했다. 목소리는 언제 거기 있었는지도 모르게 현이의 일상 속으로 들어왔다. 그 목소리는 현이의 목소리를 닮아 있었다. 현이 자신조차 헷갈릴 정도로. 그래서 종종 현이는 목소리가 말을 거는 것인지, 자신이 생각을 하는 것인지 헷갈리곤 했다.

목소리는 대부분 현이에게 도움이 되었다. "자, 중심 잘 잡고." 라든가 "어깨 힘 빼고, 목 길게."같이 발레를 할 때면 도움이 되는 말들을 해 주었다. 문제는 가끔 목소리가 위험한 말을 할 때가 있다는 것이었다. "한 번 더 해 봐." 혹은 "더 높이 뛰어." 같은 외침은 자칫하면 부상당할 수 있게 하는 것들이었다. 하지만 현이는 큰 문제라고 생각하지 않았다. 그런 말들은 귀담아듣지 않으면 그만이었다.

수업 직전, 예인이가 다시 현이에게 다가왔다. 스포츠 테이프를 빌리러 온 것이었다. 현이는 아까 예인이에게 너무 심했던 것 같아 미안해졌다. 현이는 테이프를 넉넉하게 잘라서 예인이에게 건넸다. 예인이는 환하게 웃어 보였다. 현이는 예인이의 웃음이 무척 눈부시다고 생각했다. 그리고 어째서인지 조금 슬퍼졌다.

조은정

가진 약이 다섯 개 남았을 때, 현이는 견딜 수 없어졌다. 아무것도 아닌 일에 화가 났고, 주체할 수 없는 짜증이 몰려왔다. 깊은 물속으로 가라앉는 기분을 느낄 때도 있었다. 민서가 그런 현이의 변화를 눈치챘다. 생각보다 빨리 무너진 토슈즈를 집어던지는 모습을 본 민서가 현이를 진정시켰다.

"현아, 너 요즘 왜 이렇게 예민해?"

현이는 아차 싶었지만 널뛰는 기분을 주체할 수가 없었다.

'밤에 잠을 못 자서 그럴지도 몰라.'

현이는 생각했다.

자려고 누우면 심장이 두근거렸다. 머릿속은 어떻게든 약을 구해야 한다는 생각으로 가득 찼다. 엄마 아빠가 잠든 밤, 현이는 조용히 안방 문을 열었다. 엄마는 항상 화장대 첫 번째 서랍에 지갑을 두었다. 숨죽여 지갑을 열어 본 현이는 실망했다. 만 원짜리 지폐 두 장과 천 원짜리 지폐 여섯 장.

실망한 현이가 서랍을 다시 닫으려는데, 엄마의 노트가 눈에 들어왔다. 노트 밖으로 종이 몇 장이 삐져나와 있었다. 가만히 표지를 들추자 5만 원짜리 지폐가 여러 장 포개져 있었다. 현이는 네 장을 세어 손에 쥐었다. 뒤꿈치를 들고 안방을 빠져나오는 현이의 심장이 터질 것 같았다. 결국 현이는 두 번째로 약을 구하는 데 성공했다.

"여보, 다음 주 예서 결혼식 축의금 뽑아 놓은 거 당신이 가져

갔어? 아무리 찾아도 없네."

"어디 뒀는데? 난 뽑아 놓은 줄도 몰랐는데."

부모님의 대화를 들으며 현이는 죄책감을 느꼈지만, 이제 와서 약을 끊을 수는 없었다. 예고 입시가 코앞으로 다가왔기 때문이다. 현이는 바짝 긴장했다. 시험에 대한 부담감 때문만은 아니었다.

며칠 전, 엄마는 현이를 앉혀 놓고 이렇게 말했다.

"현아, 예고 못 들어가면 발레 그만두자. 너 공부도 잘했잖아. 엄마는 네가 발레 그만했으면 좋겠어. 이렇게 매일 힘들게 밥도 제대로 못 먹고, 살아도 사는 게 아닌 것 같아."

현이는 절대 그럴 수 없다고 맞섰다. 하지만 엄마가 돈 이야기를 꺼내자 할 말이 없었다.

엄마는 현이의 손을 잡았다.

"너, 콩쿠르 나가고 입시 준비하는 것 때문에 적금도 깼어. 이걸 3년 더 할 수는 없어. 그리고 대학 간다고 끝나는 것도 아니잖아. 이제 너도 컸으니까, 잘 생각해 봐."

현이는 대꾸하지 못하고 눈물만 흘렸다. 하지만 마음속으로는 이렇게 다짐했다.

'꼭 예고 입시에 성공할 거야. 그래서 발레 계속할 거야.'

예고 입시 당일, 현이는 일찍 눈을 떴다. 일어나자마자 현이는 기도하는 마음으로 나비약 한 알을 삼켰다. 엄마는 오늘도 새벽같이 일을 하러 나갔다. 주방 테이블에는 엄마가 싸 둔 도시락이 놓여 있었다.

조은정

'우리 딸, 힘내!'

엄마의 쪽지에 현이는 눈시울이 붉어졌지만, 고개를 세차게 젓고는 도시락을 들고 집을 나섰다. 원장 선생님은 학원에 아이들을 불러 머리를 직접 해 주었다. 분장은 엄격히 금지되어 있었지만, 다들 살짝살짝 베이스 메이크업을 했다. 현이도 조금씩 화장품을 덜어 톡톡 두드렸다.

예고 입시는 '따라 하기'와 작품 심사로 이루어진다. '따라 하기'는 학교 측에서 미리 보여 준 순서를 그대로 따라 하는 것이었다. 기본기가 탄탄한 현이에게는 유리한 방식. 검은색 기본 레오타드를 입은 현이는 누구보다 당당하게 동작을 해냈다. 아침부터 먹은 것이 아무것도 없어서 살짝 어지러웠지만, 그 정도는 익숙했다. 마무리 착지도 안정적이었다.

'그래, 이대로만 하면 돼.'

현이는 속으로 쾌재를 불렀다.

목소리는 계속 거기에 있었다. 그리고 결정적인 순간마다 현이에게 조언을 해 주었다.

"발끝 포인하고, 시선 신경 쓰고."

현이는 목소리에게 고마운 마음이 들었다. 목소리와 함께라면 못 할 것이 없는 기분이었다. 먹은 것이 거의 없는데도 힘이 솟는 것 같았다.

이어서 작품 심사가 시작되었다. 수백 번을 반복해 연습한 키트리 베리에이션이었다. 분장도, 의상도 없었지만 현이는 스페인의 활기찬 소녀가 될 준비가 되어 있었다. 심사장에 음악이 흐르고, 현이는 박자에 맞추어 뛰어나갔다.

'이제 시작이야.'

현이는 티 나지 않게 숨을 몰아쉬었다.

그때, 목소리가 모습을 드러냈다. 그 '모습'은 현이였다. 아니, 현이와는 달랐다. 얼굴은 분명 현이가 맞는데, 몸이 달랐다. 현이가 그토록 원하던 날씬하고 유연한 몸.

모습은 현이와 눈을 맞추고 이렇게 말했다.

"나만 믿고 따라와. 넌 내가 시키는 대로 해야 돼."

현이는 모습이 시키는 대로 홀린 듯이 무대로 나갔다. 그리고 모습의 동작을 그대로 따라 하기 시작했다. 현이는 기묘한 감각을 느꼈다. 자신의 몸이 자신의 것이 아니라는 느낌. 조금 떨어진 곳에서 누군가가 자신의 몸을 조종하는 기분. 그 누군가가 바로 모습이었다.

모습은 현이를 격려했다.

"그래, 그렇게 하는 거야. 더 대담하게, 자신감 있게."

문제는 작품의 막바지가 다가오며 드러나기 시작했다. 마지막 동작은 피루엣 턴의 연속. 같은 방향으로 턴을 스무 번 가까이 계속 돌아야 하는 고난이도 동작이었다. 현이는 네 번에 한 번씩 더블 턴을 돌았다. 나머지 턴은 싱글 턴으로 연습해 왔다.

그런데 모습은 두 번에 한 번씩 더블 턴을 돌기 시작했다. 현이는 순간 두려운 마음이 들었다.

'아냐, 그건 무리야. 박자가 뒤로 밀릴 거야.'

모습이 그런 현이의 마음을 알아차리지 못할 리가 없었다.

모습은 단호하게 말했다.

"그러니까 더 빨리 돌아야지!"

현이는 두 번에 한 번씩 더블 턴을 돌기 시작했다. 한 번, 두 번… 10초도 안 되는 짧은 시간이 영원처럼 길게 느껴졌다.

'힘들어… 죽을 것 같아.'

열 번이 넘어가며 현이는 점점 지쳐 갔다. 하지만 목소리는 이제 사납게 다그쳤다.

"죽을 것 같을 때 한 번 더 해야 실력이 는다고 했지!"

그 목소리는 원장 선생님 같기도 했고, 현이 내면의 목소리 같기도 했다. 현이는 정신을 차릴 수 없었다. 열다섯, 아니 열여섯 번째 정도 턴을 했을 때, 착지하는 순간 현이의 왼쪽 발목이 꺾였다. 바깥쪽 복숭아뼈가 땅에 닿았다. 하지만 현이는 이를 악물고 다시 중심을 잡았다.

'조금만 더 참으면 돼, 조금만.'

모습은 이제 알아들을 수 없는 괴성을 지르고 있었다.

"뭐 하는 거야!"

현이가 알아들을 수 있는 말은 그것뿐이었다.

남은 동작들은 어떻게 했는지 기억조차 나지 않았다. 마무리 포즈를 하며 웃음 짓는 현이의 입가에 경련이 일었다. 작품 특성상 인사를 하지 않고 무대 밖으로 뛰어나가기 때문에 현이의 모습이 무대 위에서 사라졌다. 모습은 그런 현이를 한심하다는 듯이 내려다보고 있었다.

"넌 그래서 안 되는 거야. 패배자."

막 안으로 뛰어 들어온 현이는 그대로 정신을 잃었다.

현이가 정신을 차렸을 때, 가장 먼저 눈에 들어온 것은 새하얀 천장이었다. 그리고 소리들. 사방이 소음으로 가득 차 있었다. 소독약 냄새가 코를 찔렀다. 현이는 응급실이라는 것을 깨달았다. 고개를 돌리자 걱정스러운 표정으로 현이를 보고 있는 엄마가 보였다.

"정신이 드니 현아? 여기요, 환자 깨어났어요!"

온몸에 힘이 다 빠져나간 것 같았다. 그 와중에 현이가 가장 먼저 한 일은 팔다리를 움직여 보는 것이었다. 그런데 왼쪽 발목을 움직이려 하자 전기가 통하는 것 같은 통증이 몰려왔다. 고개를 간신히 들자 왼발에 감긴 붕대가 보였다.

현이는 소리를 질렀다.

"내 발, 내 발!"

간호사가 달려왔다. 간호사는 현이를 진정시키고 수액 속도를 점검했다.

"걱정 말아요, 학생. 인대가 좀 다쳤는데, 뼈에는 이상 없으니까 몇 주 지나면 회복될 거야. 일단 안정이 가장 중요해요. 움직이지 말고."

현이 엄마는 소매로 눈물을 찍어 냈다.

"에휴, 발레가 뭐라고. 이렇게까지 해야 하는 거니."

현이는 고개를 돌렸다. 엄마의 얼굴을 제대로 쳐다볼 수가 없었다. 당당하게 '오늘 잘했어.'라고 외치며 엄마에게 안기고 싶었는데…. 모든 것이 엉망이 되어 버렸다는 생각에 현이는 스스로가 미웠다.

수액을 거의 다 맞았을 때, 의사가 왔다. 지친 기색의 의사는 현이와 눈을 마주치지 않고 차트를 넘겼다.

현이 엄마가 조심스레 말을 꺼냈다.

"선생님, 우리 현이 큰 문제는 없는 거죠?"

의사는 차트를 덮고 한숨을 쉬었다.

"영양실조입니다. 과도한 다이어트가 원인인 걸로 보이고요. 이 정도면 월경도 멈췄을 텐데…."

의사는 난감하다는 듯 안경을 추켜올렸다. 그리고 처음으로 현이를 쳐다보았다.

"학생, 다이어트 하려고 약 먹었지? 이거 초고도 비만 환자들한테만 처방하는 건데 어디서 구했어? 약물 거래는 불법이야. 문제가 될 수 있어. 다시는 이런 짓 하면 안 돼."

사색이 된 엄마의 표정을 보니 현이는 몸속 장기들이 뒤틀리는 것 같았다.

의사는 말을 이었다.

"그리고 벌써부터 이렇게 월경이 불규칙하면 조기 폐경 올 수 있어요. 어머님도 좀 더 신경 써 주세요. 나중에 골병들어요."

의사는 처방전 써 줄 테니 약을 타서 가라고 했다. 그리고 정형외과와 산부인과 외래 진료를 잡아 주었다. 현이는 자신이 어디론가 사라져 버렸으면 좋겠다고 생각했다. 아니, 최소한 옆에서 펄펄 뛰며 화를 내는 엄마에게서 도망칠 수만 있어도 좋을 것 같았다.

"너, 정신이 있는 거야? 그렇게까지 해 가면서 꼭 발레를 해야 하는 이유가 뭐야? 네가 네 입으로 그랬지. 발레는 몸매 안 따라 주면 힘들다고. 그런데 넌 왜 포기를 못 하는 거야. 나도 이제 더는 못 참아. 당장 발레 그만둬!"

현이는 뭐라고 항변하고 싶었지만 목소리가 나오지 않았다. 약을 받아서 집으로 가는 길은 멀게만 느껴졌다.

현이는 몇 년 만에 처음으로 발레 없는 하루하루를 보냈다. 아침이 되면 학교에 가고, 학교가 끝나면 바로 집에 와서 멍하니 앉아 시간을 보냈다. 반 깁스를 해서 목발까지는 필요 없었지만, 발목을 고정시켜 놓아서 절뚝절뚝 걸어야 했다. 발레 학원에 가지 않으니 시간이 남아돌아서 어찌할 바를 몰랐다.

원장 선생님은 전화로 현이에게 신신당부했다.

"괜히 몸 풀겠다고 움직이지 마. 그냥 쉬어. 안 그러면 3주 쉴 거 세 달 쉬게 된다. 아직 어리니까 금방 회복할 거야. 그래도 매일 영상 보고 분석하는 거 쉬지 말고. 알겠지?"

원장 선생님의 목소리를 듣자 현이는 엄마가 발레 그만두라고 했다는 이야기를 꺼낼 수 없었다. 하지만 현이의 부모님은 이번엔

완강했다. 항상 현이를 응원했던 아빠도 현이가 살 빼려고 약을 먹었다는 사실을 알고 돌아섰다.

"그렇게까지 하면서 해야 하는 게 발레라면 아빠는 반대다, 현아."

현이는 그래도 희망의 끈을 놓지 않았다. 예고에 합격하면 엄마와 아빠를 한 번 더 설득할 생각이었다.

'합격만 하면 돼. 합격만.'

현이는 최대한 발에 힘이 가지 않게 스트레칭과 근력 운동을 계속했다. 엄마는 현이에게 이제 먹고 싶은 것 실컷 먹으라고 했지만, 현이는 음식을 몰래몰래 버렸다. 한번 놓아 버리면 돌이킬 수 없을 것 같았다.

예인이와 민서는 하루에 한 번씩 현이에게 안부 묻는 연락을 해 왔다. 그리고 학원 수업 영상을 보내 주었다. 시간은 어떻게 흐르는지도 모르게 흘러갔고, 현이는 깁스를 풀었다. 하지만 발레를 다시 하기 위해서는 재활 과정이 필요했다. 현이는 엄마 아빠 몰래 스트레칭과 근력 운동을 시작했다. 그리고 예고 입시 결과 발표일이 다가왔다. 현이는 학교 홈페이지에 일찌감치 접속해 있었다. 심장이 입 밖으로 튀어나올 것 같았다. 발표 시간 정각, 현이는 합격 조회 버튼을 클릭했다. '예비번호 1번.' 현이는 그대로 얼어붙었다. 하늘이 무너지는 것 같았다. 불합격이라니. 예고 입시에 실패하고 만 것이었다.

현이는 아무것도 할 수가 없었다. 밥을 먹을 수도, 잠을 잘 수도 없었다. 며칠 동안 하염없이 울기만 하는 현이를 보며 부모님은 처음엔 걱정을 하다가 나중엔 화를 냈다. 그래도 울음을 멈출 수가 없었다. 현이는 발레가 지긋지긋하다고 생각했다. 하지만 막상 발레를 할 수 없다고 생각하자 죽을 것 같았다. 발레 없는 인생은 아무런 의미 없이 느껴졌다. 현이는 자신이 발레를 이토록 좋아하는 줄은 미처 몰랐다.

예고 발표 사흘 후, 아빠가 현이를 불렀다. 거실로 나가자 엄마와 아빠가 심각한 얼굴로 앉아 있었다. 현이는 침을 꿀꺽 삼켰다.

"현아, 정말 발레를 꼭 해야겠니?"

아빠의 목소리를 듣자 현이는 다시 눈물이 났다.

"나는… 발레가 좋아. 발레를 하고 싶어. 발레를 못 한다고 생각하면… 죽을 것 같아."

엄마는 그런 현이를 안쓰러운 눈길로 바라보았다.

"현아, 발레는 너무 힘들잖아. 무조건 열심히 한다고 성공한다는 보장도 없고."

현이는 고개를 끄덕였다.

"나도 알아, 엄마. 그런데 나는 아직 시작도 못 해 본 기분이 들어. 할 수 있는 데까지는 해 보고 싶어."

현이의 말을 들은 엄마는 생각에 잠겼다. 현이에게는 엄마의 침묵이 길게만 느껴졌다.

마침내 엄마가 입을 열었다.

"그럼 이렇게 하자. 인문계 가서도 발레 계속해. 대신에 학원은 그만둬. 너무 멀기도 하고, 엄마는 원장 선생님의 철학에 동의하지 않아. 집 근처에 개인 레슨 해 줄 수 있는 선생님이 있대. 새로운 선생님한테 배워 보는 거야. 어때?"

현이는 바로 대답할 수 없었다. 발레를 계속해도 된다는 허락을 받은 건 기뻤지만, 학원을 그만둬야 한다는 사실은 당황스러웠다. 유명 학원을 다닌다는 건 현이에게도 은근한 자부심이었기에 개인 레슨을 받는다는 사실이 조금은 두려웠다. 하지만 현이의 몸무게를 확인하는 원장 선생님의 경멸 어린 표정, 마음을 후벼 파던 말들이 생각났다. 무엇보다 지금의 현이는 이것저것 가릴 처지가 아니었다.

"그 선생님은… 어떤 분이야?"

현이의 물음에 엄마와 아빠의 표정이 밝아졌다.

아빠가 말했다.

"예인이네 엄마가 네 엄마한테 전화를 했대. 현이, 네가 학원에서 많이 힘들어하는 것 같다고. 그리고 원장 선생님 교육 방식이 바람직하지 않은 것 같다고. 예인이도 학원 그만둘 거라고 하더라. 그러면서 개인 레슨 선생님을 추천해 주셨어."

현이는 놀랐다. 예인이는 학원의 에이스였기 때문이다. 그런 예인이가 학원을 그만두다니, 너무나 의외였다.

엄마는 현이의 생각을 읽었는지 말을 이었다.

"예인이가 엄마한테 그랬대. 원장 선생님이 현이, 너한테 하는 걸 보면서 자기가 더 마음이 힘들었다고. 예인이 엄마는 그런 선생님한테 애를 맡기고 싶지 않다더라.”

그 말을 듣자 현이는 예인이가 무척 보고 싶어졌다. 예쁘고 발레 잘하는 친구 예인이. 하지만 현이는 예인이에 대한 열등감 때문에 예인이를 온전히 좋아할 수 없었다. 그런데 예인이는 현이의 그런 마음을 알면서도 끝까지 현이 곁에 있어 주었다.

다음 날 오후, 현이는 집 근처 연습실로 향했다. 그곳에서 새로운 발레 선생님을 만나기로 했다. 선생님은 헝가리 발레단 출신으로, 지금은 프리랜서 무용수라고 했다. 현이는 유튜브로 선생님의 영상을 찾아보았다. 처음 영상을 보았을 때, 현이는 조금 놀랐다. 선생님의 키가 생각보다 무척 작았기 때문이다. 하지만 무대 위에서 치명적인 매력으로 왕자를 유혹하는 흑조를 연기하는 선생님의 모습은 전혀 작아 보이지 않았다.

“안녕, 네가 현이구나. 만나서 반가워.”

선생님은 현이를 반갑게 맞이했다. 그리고 현이가 몸을 푸는 모습을 유심히 보았다. 현이는 발레를 오래 쉬어서 더 살이 찐 것은 아닐까 싶어서 주눅이 들었다.

한 시간 반의 수업이 끝나자, 선생님은 박수를 쳤다.

“너, 정말 잘한다, 현아.”

선생님의 칭찬에 현이는 몸 둘 바를 몰랐다. 그동안 숨 쉬듯이 지적을 받았기에, 스스로 잘한다는 생각을 하기 어려웠던 현이는 칭찬에 익숙하지 않았다.

조은정

"네 장점은 파워랑 에너지야. 무리한 감량으로 네 매력을 없애기엔 너무 아깝다. 한국 입시를 우리가 바꿀 수는 없으니까… 입시 시즌에만 감량에 주력하고, 평소에는 너무 스트레스 받지 않았으면 좋겠어."

선생님은 현이를 위해 식단과 운동 루틴을 짜 주었다. 그리고 특단의 조치를 내렸다. 바로 매일 체중을 재지 말라는 것이었다.

"숫자는 의미가 없어, 현아. 네가 춤출 때 편안한 몸을 만드는 게 중요해. 몸이 둔하다고 생각되면 몸을 가볍게 만드는 방법을 찾아보자."

현이에게는 신선한 충격이었다. 지금까지 그 어떤 선생님도 이렇게 말해 준 적이 없었기 때문이다.

선생님은 현이에게 발레에 대해 새로운 시각을 열어 주었다.

"현아, 왜 무대에 등장하기 전에 비 플러스 포즈로 서 있는지 아니? 객석에선 보이지도 않는데 말이야."

현이는 순간 당황했다. 아주 어릴 때부터 그렇게 하는 것이라고 배웠기 때문에, 왜 그런지 이유를 생각해 본 적이 없기 때문에.

현이가 눈만 깜빡거리자 선생님이 미소 지었다.

"그건 스스로 준비를 하기 위해서야. 몸을 바로 세우고, 당장이라도 뛰어나갈 준비를 마치는 거지. 너의 발레 인생에서 지금은 마치 비 플러스 자세로 준비하고 있는 순간과도 같아. 아직 제대로 시작해 보지도 않은 거지. 그러니까 지치지 말아야 해. 그리고 즐거워야 해. 그래야 오래오래 할 수 있어."

비 플러스

현이는 선생님 말에 위안을 얻었다. 정말 오랜만에, 현이는 발레 수업이 기다려졌다. 학원 다닐 때는 종종 도살장에 끌려가는 기분이었는데, 수업이 이렇게 설렐 수 있다는 것을 새삼 깨달았다.

로잔 콩쿠르 시즌이 시작되었다. 콩쿠르의 전 과정은 유튜브로 생중계하기 때문에 현이도 볼 수 있었다. 유튜브 화면으로 본 예인이는 친숙하면서도 낯설었다. 5일 동안 현이는 유럽 시차에 맞추어 밤늦도록 모든 수업을 다 챙겨 보았다.

1차 경연 후 파이널리스트 발표의 순간, 현이는 숨을 죽였다.

"Ye-In Shin, from Korea."

진행자가 파이널리스트로 예인이를 호명했을 때, 현이는 환호했다. 눈물이 찔끔 났다. 현이는 예인이에 대한 부러움, 질투, 열등감을 모두 잊었다. 오로지 예인이를 응원하는 마음으로 기도하고 또 기도했다.

다음 날, 파이널 경연이 펼쳐졌다. 예인이는 감기 몸살에 걸렸다고 했다. 무대 위에 등장한 예인이는 한눈에 보아도 아파 보였다. 현이는 가만히 앉아서 볼 수 없었다. 예인이는 큰 실수 없이 무대를 마쳤지만, 평소 예인이의 기량을 알고 있는 현이로서는 아쉽기만 한 무대였다. 수상자 발표는 한국 시간으로 새벽 네 시가 넘어서 이뤄졌다. 예인이의 이름은 끝내 불리지 않았다. 현이는 한참을 휴대폰만 만지작거리다가 결국 예인이에게 문자를 보내지 못하고 허탈한 기분으로 잠이 들었다.

조은정

주말 아침, 현이는 방에서 스트레칭을 하고 있었다. 새로운 선생님은 영상을 찍어서 보낼 필요 없다고 했다. 하지만 현이는 그 어느 때보다 열심히 운동을 했다. 선생님이 믿어 준다는 생각에 더 힘이 났다. 그때, 휴대폰이 울렸다. 현이는 전화를 받았다.

"여보세요."

휴대폰에서 들려오는 목소리는 사무적이었다.

"안녕하세요, 성아예술고등학교입니다. 이현 학생 무용과 추가 합격되셔서 전화드립니다. 등록을 원하시면…."

현이는 하마터면 핸드폰을 떨어뜨릴 뻔했다. 추가 합격이라니. 손이 떨리기 시작했다. 어떻게 전화를 끊었는지도 모르게 전화를 끊고, 현이는 방문을 박차고 나갔다.

"엄마, 나 합격이래! 예고 합격!"

설거지하던 엄마는 물이 뚝뚝 떨어지는 고무장갑을 낀 채로 현이를 꼭 끌어안았다.

"잘됐다, 너무 잘됐다! 그런데 어떻게 자리가 났지?"

현이는 고개를 갸웃했다.

"그러게. 누가 포기를 한 거지?"

의문을 품은 채, 현이는 예비 소집에 참석했다. 같은 학원 출신이거나 같은 예중 출신 아이들이 삼삼오오 모여서 이야기를 하고 있었다. 현이가 다니던 학원에서도 두어 명 합격했다는 이야기를 들었지만 굳이 찾아 나설 생각은 들지 않았다.

그때, 현이의 귀를 파고드는 이야기가 들려왔다.

"그래서 신예인이 입학 포기했다며?"

"아쉽다. 신예인 유학 안 가면 우리랑 동기 되는 거잖아. 같이 수업 들으면 좋았을 텐데."

"걔 때문에 추가 합격한 애가 대박이지. 예비 1번."

"누굴까? 궁금하다."

그랬다. 입학을 포기한 사람은 예인이였다. 예인이는 로잔 콩쿠르에서 최종 수상은 하지 못했지만 영국 로열 발레 스쿨 관계자의 흥미를 끌었다. 섬세한 표현력에서 가능성을 본 관계자는 예인이에게 스칼러십 프로그램을 제안했다. 그리고 예인이는 유학 가기로 마음을 먹게 된 것이다. 현이는 예인이 자리에 자신이 들어가게 되었다는 사실에 묘한 기분이 들었다.

예인이의 출국 날, 현이는 공항에 배웅을 하러 갔다. 예인이 부모님은 현이와 예인이가 함께 밥을 먹을 수 있게 자리를 비켜 주셨다. 현이는 괜히 목이 메어서 밥을 꾸역꾸역 먹었다.

예인이가 입을 열었다.

"영국에서 애들이 안 놀아 주면 어떡하지?"

현이가 피식 웃었다.

"너를 싫어할 애들은 없어. 질투는 할 수 있지만. 내가 너 엄청 부러워했던 거 알지?"

예인이가 씩 웃었다.

"바보. 넌 내가 널 엄청 부러워했던 거 모르지?"

현이는 예인이의 말에 눈이 커졌다.

'예인이가 나를? 왜?'

현이의 표정을 본 예인이가 말했다.

"내가 항상 말했잖아. 네가 가진 에너지는 아무도 따라 할 수 없다고. 내가 키트리 베리에이션 같은 거 얼마나 하고 싶은지 넌 모를 거야."

현이는 괜히 민망해져서 예인이를 툭 쳤다. 예인이도 현이를 툭 쳤다. 그러고는 까르르 웃음을 터뜨렸다.

예인이가 현이에게 손을 내밀었다.

"네가 있어서 내가 더 열심히 할 수 있었어. 너무 고마워."

현이가 예인이의 손을 마주 잡았다.

"나도 그래. 영국 가서 기죽지 말고! 외로우면 연락하고."

예인이는 잠시 머뭇거리다 현이의 손을 더욱 꼭 잡으며 말했다.

"이제 약은 정말로 먹지 마. 알았지?"

현이는 멋쩍은 듯 미소를 지었다. 그러고는 힘차게 고개를 끄덕였다. 두 친구는 서로를 꼭 껴안았다. 예인이를 배웅하고, 현이는 연습실로 향했다. 머리를 바짝 올려 묶은 후 또아리를 틀고, 실핀을 잔뜩 꽂으니 힘이 생기는 기분이었다. 살구색 스타킹과 검은 레오타드. 현이는 전투 준비를 마친 기분이 들었다. 다시 한번, 현이는 비 플러스 포즈로 거울 앞에 섰다. 거울에 비친 자신의 모습을 본 현이는 자신이 이렇게 예뻤던가 하고 생각했다.

비 플러스

걸 파이터

최하나

인생 최고의 순간이 언제냐고 누군가 물으면
늘 무대 위가 떠올랐다.
춤을 통해 무엇을 이뤘냐고 묻는다면
자신 있게 답할 수는 없겠다.
하지만 춤을 통해 무엇을 얻었냐고 묻는다면
나란 사람의 존재감이라고 답하겠다.
춤이 없는 세상의 나는
무대가 아닌 다른 곳의 나는
상상을 하지 못하겠다.
그게 내 전부다.

쾅쾅쾅.

"민서야!"

쾅쾅.

"민서야 문 좀 열어 봐."

쾅쾅.

엄마는 다급한 얼굴로 딸의 방 손잡이를 당겨 보기도 하고 문을 소리 나게 두드려 봤지만, 반응이 없었다.

'무슨 일 있나?'

엄마는 학교에서 돌아온 후 밥상머리에 앉을 때까지 내내 어둡던 딸의 표정이 못내 마음에 걸렸다. 하지만 말을 하지 않으니 알 수가 없었다.

'연락해 봐야 하나?'

식탁 위에 두었던 휴대폰을 가지고 거실 소파에 앉아 연락처를 뒤지기 시작했다. 세상이 하도 흉흉한 탓에 지난번 대공원에 놀러 간다고 했을 때 친한 친구들의 연락처를 미리 받아 두었다.

"저… 늦은 시간에 미안한데 나 민서 엄마거든. 해나 맞지?"

"아… 네…. 안녕하세요, 어머니. 근데 무슨 일이세요? 민서 집에 안 왔어요?"

"아니 그런 건 아니고. 집엔 잘 들어왔는데…. 그게 말이야 좀 설명하기 어렵긴 한데… 학교 갔다 온 뒤로 내내 표정도 안 좋고 갑자기 방문을 걸어 잠그고 들어가더니 대꾸도 안 하네. 이러질 않았는데…. 그래서 말인데 오늘 무슨 일 있었니? 요즘 민서 학교 친구들이랑은 잘 지내지?"

"아…."

초등학교 동창에다가 중학교 내내 같은 반이라 집에 몇 번 놀러 오기도 하고 가서 잠을 자기도 한 딸의 베프인 해나마저 대답을 잇지 못하자 엄마의 속은 더 타들어 가기 시작했다.

"저기, 괜찮으니까. 사소한 일이라도 아줌마한테 말해 줄래? 응?"

"아… 그게요. 오늘 스승의 날이라서 같이 졸업한 학교에 다녀왔거든요."

"근데?"

"근데 그게요…. 민서가 알면 좀 자존심 상해할 수도 있는데… 제가 말하는 게 맞는지…."

해나가 다시 망설이며 침묵을 지키자 민서 엄마는 살살 달래가며 부탁했다.

"괜찮아. 나만 알고 있든지 할 테니까 말해도 돼. 내가 아주 잘

타이를 테니까 걱정하지 말고. 응?"

그러자 해나는 결심한 듯 한 번에 말을 내뱉었다.

"담임선생님이 민서를 기억 못 하시더라고요."

"응? 근데?"

"민서를 못 알아봤어요."

"응. 그래서…?"

"민서를 못 알아봤다고요."

"그거 때문이라는 거야?"

"아마 그럴걸요? 제가 아는 건 그것뿐이에요. 그때부터 표정이 썩었…. 아니, 안 좋더라고요. 제가 달래 주긴 했는데….'

"근데 졸업한 지 꽤 됐잖아? 지금 중 3인데 선생님께서 아이들을 다 기억하실까?"

"아… 그것도 그거고요. 아마 여러 가지가 겹쳐서 그럴 거예요."

"겹쳤다고?"

"얼마 전에 학원 가다가 중 1 때 같은 반이었던 애를 마주쳤는데 걔가 저만 아는 체하고 민서는 못 알아보고 쌩하고 지나갔거든요."

"……."

민서 엄마는 이해가 되질 않았다. 물론 시대가 많이 바뀌긴 했지만 한 반에 학생 수는 서른 명이 좀 넘을 테고 그 아이들이 모두 친하게 지내는 건 아닐 것이다. 심지어 자신이 학교 다닐 때는 학년이 바뀔 때까지 말 한마디도 못 해 본 반 친구도 있을 정도였다.

"많이 상처받은 거 같던?"

"뭐… 모르죠. 저한테도 그런 이야기까진 안 했고요. 제가 그냥 눈치로 생각한 거예요. 그러니까 제가 그랬다고는 하지 마세요. 아셨죠? 저희 사이엔 그런 게 중요하거든요."

"그래, 알았어. 고마워. 늦은 시간에 미안하다. 담에 또 놀러 와. 아줌마가 맛있는 거 해 줄 테니까. 민서랑 잘 지내. 알았지?"

"네."

엄마는 전화를 끊고 나서도 찝찝함이 가시질 않았다. 민서에게 뭐라고 이야기를 해야 할지 엄두가 나질 않았다. 그러다 용기를 내 다시 딸의 방으로 가 조용히 문을 두드리며 말을 걸었다.

"민서야… 너가 그러면 엄마가 맘이 어떻겠어…. 걱정된다고. 그러니까 우리 딸, 문 좀 열어 봐. 응?"

신기하게 이내 톡하고 잠금 장치 풀리는 소리가 났다. 엄마는 문을 빼꼼 열고 우선 안의 상황을 살폈다. 창문 쪽에 놓아둔 침대의 이불이 솟아 있었다. 민서는 아마 거기 누워 있으리라. 엄마는 다가가 이불을 젖히지 않은 채 조심스레 침대 발치에 앉았다.

"민서야, 뭔 일인지 모르겠지만 괜찮아. 엄마가 여기 있잖아."

하지만 그 순간 이불 속에서는 울음이 터져 나오기 시작했다.

"어엉어어어어어어. 엉어어엉 나는 싫다고… 싫다니까아…. 펑 버므 끄윽끄윽 싫다고…."

울음 때문에 무슨 말을 하는지 알아들을 수 없자 엄마는 이불을 걷었고 그 속에서 민서는 서럽게 흐느끼고 있었다.

"말해 봐. 무슨 속상한 일 있었어? 엄마가 도와줄게. 응? 들어 줄게."

모른 체하고 딸에게 조심스럽게 물었다. 다그치는 모양새가 되지 않도록 노력한 보람이 있었는지 갑자기 민서가 일어나 앉아 소리치기 시작했다.

"평범한 게 싫다고. 응? 왜 나, 이렇게 낳았어? 나, 왜 이렇게 태어난 거야. 어?"

어느덧 존재론적인 질문까지 주워 삼키는 통에 엄마는 당황스러움을 감추지 못하고 그저 민서를 놀란 눈으로 쳐다보기만 했다.

"왜 난! 평범한 건데!!! 왜!!!"

민서는 흥분한 상태였다. 손톱으로 얼굴을 있는 대로 할퀴었는지 빨간 자국이 선명했다.

"민서야, 이러지 마. 엄마 속상하잖아. 약이라도 바르자. 응?"

군데군데 생채기가 난 데다가 핏기까지 올라온 걸 보니 안 되겠다 싶어 딸의 손목을 잡고 거실로 데려가려 했다.

그 순간 민서의 비명과도 같은 울부짖음이 터져 나왔다.

"엄마가 뭘 이해해! 이렇게 낳아 놓고! 더럽게 평범하게 낳아 놓고!!!"

그 말에 순간 엄마도 이성을 잃고 발끈하고야 말았다.

"평범한 게 어때서? 평범하게 사는 게 가장 좋은 거야. 네가 커봐. 평범한 게, 중간만 가는 게 얼마나 좋은 건지. 그래, 속상한 일이 있는 것 같으니까 맘 풀릴 때까지 실컷 울어. 좀 나아지면 다시 이야기하자."

그 뒤로도 민서는 한참을 끅끅거리며 서러움을 이기지 못하고 울어 댔다.

'다시 태어날 거야. 이렇게는 안 살 거야. 너무 싫어. 싫다고.'

모든 문제는 새 학기 첫날부터 시작되었다. 3학년에 올라오니 반가운 얼굴들이 눈에 띄었다.

'엇! 뭐야. 쟤도 우리 반이었어?'

1학년 때 같은 반이었던 아이. 그때는 짧은 머리에 보이시한 느낌이었는데 머리도 제법 기르고 선생님 눈을 피해 화장을 했는지 얼굴은 목 색깔과 다르게 허옇게 떴고 틴트를 바른 입술이 티가 나게 빨갛기까지 했다.

"야! 경주야~ 반갑다! 우리, 같은 반이네?"

민서는 다가가 친구의 어깨를 잡아채며 말을 걸었는데 얼굴에 당황스러움이 스쳐 지나가는 걸 느낄 수 있었다.

"어… 우리, 같은 반… 이구나?"

이름을 부르지 않는 걸 보니 민서를 기억하지 못하는 듯했다. 민서는 어처구니가 없었다. 그리 오래된 일도 아니고 2년 전인데 같은 반이었던 친구도 기억하질 못한다니.

"그래, 나 김민서. 1학년 때 3반이었잖아. 너, 나 기억 못 해? 나는 너 기억하는데?"

"응? 아니, 기억하지… 하하하…. 기억하지, 왜 못 해…."

부자연스러운 웃음에 민서는 말문이 막혔다.

'얘, 뭐야. 친구를 기억도 못 하네.'

기분이 나빠지려고 했지만, 그냥 넘어가기로 했다. 그런데 그다음 날 학원 앞에서 마주친 아이조차 민서를 알아보지 못하고 지나가 버린 거였다. 진짜 사건은 그다음에 벌어졌다. 스승의 날이라 같은 초등학교 나온 아이들과 함께 6학년 때 담임선생님을 만나러 갔다. 해나와 지선이 그리고 혜원이까지 모두 넷이서. 해나가 받아 놓은 전화번호로 미리 연락하고 카네이션 배지를 하나씩 사서 찾아갔다. 그리고 마주한 선생님은 기억 속 모습 그대로였다.

"선생니임!!!"

반가움에 네 친구 모두 선생님 품 안으로 달려들었다. 고학년을 맡으면서도 화 한번 내지 않아 천사라고 불리던 담임선생님. 그리고 어느새 훌쩍 큰 중학교 3학년 여자아이 넷. 선생님은 이내 웃으며 아이들 손을 맞잡고 이름을 부르며 근황을 묻기 시작했는데 민서의 순서가 되자 주어 없이 자신 없는 말투로 말을 잇는 거였다.

"잘 지냈지?"

그리고 민서는 알게 되었다. 자신을 못 알아본 친구가 이상한 게 아니었음을. 우연이 반복되면 우연이 아니라는 것을. 자신은 사람들 기억 속에 잘 남지 않은 흔해 빠진 누군가라는 걸. 그 사실을 확인하자 실망이 분노로 바뀌었다. 그리고 그날 돌아와 엄마와 얼굴을 마주한 식탁에서도 말 한마디 할 수 없었다. 엄마를 똑 닮아 인감도장이라는 소리를 듣는 둘째 딸. 그게 민서였으니까 말이다.

'난 왜 이렇게 평범한 거야.'

그러고 보니 자신을 기억하지 못하는 것도 이해가 갔다. 민서는 항상 뭐든지 중간이었다. 출석을 부르면 한두 명은 같이 손을 들 정도로 흔한 이름, 길에서 발에 차일 정도로 흔해 빠진 외모, 게다가 성적도 중간, 잘하는 것도 없음, 취미라고는 남들 다 하는 유튜브와 웹툰 보기. 자신이 생각해도 객관적으로 특출 난 게 하나도 없었다. 민서는 평범한 자신이 싫었다. 친구도 선생님도 기억하지 못하는 자신의 존재가 소름 끼치게 징그럽다는 생각이 들었다. 하지만 아무리 생각해 봐도 해결책이 떠오르질 않았다. 다시 태어나지 않고는 불가능하다는 생각이 들자 우울함이 밀려들었다. 민서는 옷도 갈아입지 않은 상태로 울다 지쳐 잠이 들었다.

* * *

"한 감독."

"네."

"김 작가."

"네에."

"성 선생."

"넵!"

"음… 자네는 안 써낼 건가?"

"네?"

최하나

"응, 김민서. 자네 말이야, 자네."

"저 아직 생각나는 게….'

"그래 뭐, 강요하는 건 아니니까. 알았어. 뭐 정해지면 써서 내라고. 그때부터는 호칭 바꿔 줄 테니까."

"네…."

3학년 1반이 된 후로 이름 대신 장래 희망에 써낸 직업으로 불렸다. 그 앞에 성을 붙여 부르는데, 아이들은 처음에는 어색해했지만 이내 당당하게 대답하기 시작했다. 가끔은 가슴을 쫙 펴고 손까지 들고 마치 정말로 그리된 것처럼 행동하기도 했다. 그 모습을 보며 담임인 홍일기는 뿌듯해했다. 그가 원했던 게 바로 이 모습이었으니까, 이런 변화였으니까 말이다. 그는 선생님들 사이에서도 유별나기로 유명했다. 겉모습은 모아이 석상을 닮아 두꺼운 목과 각진 얼굴을 하고 있지만, 아이들 심리를 잘 꿰어 유연하게 학급을 잘 굴려 나가는 거로 유명했다. 그런 그가 민서네 반 담임이 된 것이었다.

'아 자꾸 귀찮게 해….'

민서는 출석 부를 때마다 자신만 이름으로 불린다는 게 점점 더 신경 쓰이기 시작했다.

"그러지 말고 아무거나 좀 써내라."

재촉하는 해나에게 민서는 뾰로통한 얼굴로 대답했다.

"그랬다간 1년 내내 그 호칭으로 부를 거 아니야."

"일단 쓰고 나중에 바꿔도 되잖아. 꿈이 바뀌었다는데 뭐라 하겠어?"

"그럴까?"

민서는 머리를 굴려 여러 가지 직업을 떠올려 봤지만, 막상 자신과 어울리는 게 없다는 걸 깨닫자 이내 책상에 엎드려 두 팔에 얼굴을 묻었다.

"아, 몰라. 유난스럽게 굴어. 진짜!!!"

"너도 알았잖아. 유명했잖아. 그냥 빨리 받아들여."

홍일기는 원래 그의 수업을 듣지 않는 아이들 사이에서도 유명했다. 자네라는 고리타분한 말투를 쓰고, 일기를 쓰게 하고, 꿈을 설파하는 선생님으로. 민서는 3학년 담임선생님 이름을 듣는 순간 1년을 망쳤구나 하는 생각을 했다. 유별난 선생님과 자신은 궁합이 영 맞지 않을 것 같아서였다.

"아, 몰라. 내가 이런 거로 스트레스 받아야 해?"

"그나저나 너, 이번 주 소풍 때 입을 옷 살 거야 안 살 거야?"

"사야지. 사야 하는데…. 살 건데…. 아, 다 짜증 나."

민서와 해나가 다니는 신영여중은 수학여행도 소풍도 재미없기로 유명했다. 다른 학교는 1년에 한 번은 롯데월드나 에버랜드 간다는데 신영여중은 그럴 때마다 박물관 견학을 가거나 끽해야 학교에서 30분 거리에 있는 대공원에 갔다. 그 때문에 아이들은 늘 왁자지껄한 분위기에 목말라 있었고 처음으로 롯데월드에 가게 된 거였다. 원래 같았으면 민서도 신이 났어야 했다. 하지만 흥이 나질 않았다. 이상하게 3학년 첫 학기는 시작부터 잘 풀리지 않았다. 자신의 존재가 희미한 것도 장래 희망에 자신 있게 써낼 꿈이 없다는 것도 답답했다. 민서의 머릿속은 풀지 못한 실타래가 뱀처럼 똬리를 틀어 신이 날 틈도 내주지 않고 있었다.

　"자, 그럼 인원수 체크부터 합니다. 자네 여기 선 거 맞지?"

　"아니요."

　"푸하하하하."

　소풍 당일, 학급별로 아이들은 두 명씩 짝을 지어 섰다. 담임선생님은 앞에서 숫자가 맞는지, 빠진 학생은 없는지 체크를 하고 또 했다. 그 와중에 옆 반 아이가 해나한테 말을 걸려고 붙었다가 바로 걸린 것이었다. 민서는 평범하기 짝이 없는 자신에 반해 목소리도 크고 밝고 당당한 성격의 해나가 부러웠다. 가끔은 아이들과 두루두루 잘 어울리는 해나가 왜 자신과 단짝으로 지내는지 의아할 정도였다. 그래도 보통 그런 생각은 잠시 머물렀다 사라졌는데 요즘은 자꾸만 비교돼 자신이 초라하게 느껴졌다.

　"자, 이제 출발한다. 자네들 가서도 행동 조심하고. 학교 이름에 먹칠하면 안 되고. 알았지?"

　"네에!!!"

　"그리고 시간 딱 맞춰서 집합하고. 한 놈이라도 늦으면 늦은 만큼 모두 기다렸다가 나와야 한다는 사실, 잊지 마!"

　"네에!!!"

　"친구들 챙기고 빠진 애들 있으면 바로바로 연락하고 알았지?"

"네에!!!"

"자네들만 믿는다."

3학년 1반 아이들은 일사불란하게 움직였다.

"야, 완전 좋다. 그치? 지난번에 거긴 진짜 아니었어. 나는 전시회는 딱 질색. 왜 우리 학교는 맨날 그런 데만 가?"

"그러게. 만지지도 못하고 사람들 많은 데서 줄 서서 하나씩 보고 지나가면 끝나는 건데 그걸 왜 가는 거야? 우리도 맨날 이런 데로 오면 얼마나 좋아."

놀이공원에는 캐릭터 인형 옷을 입은 직원들이 인사를 하고 흥겨운 음악이 울려 퍼지고 각종 놀이기구가 휘황찬란하게 빛을 내뿜으며 돌아가고 있었다.

"우리, 저거 타자!"

"그래!"

해나와 민서는 성현이와 인혜 그리고 승아까지 포함해 다섯이서 움직였다. 추로스를 하나씩 사서 들고 다니며 어떤 놀이기구부터 탈지 머리를 굴리다가 자이로드롭에 도전하기로 했다. 무서운건 딱 질색인 민서지만 어째서인지 오늘만큼은 풀어져 모든 고민을 털어 내고 싶었다.

"야야야야야야야."

"아아아아아아아."

꼭대기까지 올라갔다가 빠르게 떨어져 내리자 아이들은 긴장한 와중에도 좋아서 비명을 질러 댔다. 스트레스가 다 날아가는 순간이었다. 그 후로도 쉬지 않고 놀이기구를 타고 또 탔다. 물을 다 뒤집어쓰고도 한 번 더 타고 싶다고 우겨 같은 놀이기구를 두 번이나 타기도 했다. 덕분에 아이들은 옷이 흠뻑 젖은 상태였지만, 신경도 쓰지 않았다. 그러다 보니 어느덧 집합할 시간이 다 되어 가고 있었다.

"야, 이제 가야 할 것 같은데?"

"늦으면 또 자네는 어쩌고 할걸?"

"내가 그 소리 듣기 싫어서라도 딱 맞춰 간다."

"그럼 지금 갈래?"

"저거 하나만 더 타면 안 돼?"

"가야 한다니까."

"그럼 우리는 저거 탈 테니까 너네 둘이 먼저 가라."

"빨리 하고 와."

나머지 셋은 관람차를 타러 가고 민서와 해나는 인파를 거꾸로 헤치며 입구 쪽으로 가고 있었다. 그때였다. 중앙 무대에서 요란한 음악과 함께 목청껏 소리치는 남자의 목소리가 들려왔다.

"자, 여러분이 기다리시더언! 바로 그 무대입니다. 자신의 끼도 뽐내고 또 상품도 받고오!"

선글라스를 끼고 하얀 바지에 스트라이프 셔츠를 입은 남자가 한껏 과장된 톤으로 진행을 하고 있었다.

"저거 뭐야?"

아이들이 모여들기 시작했다.

"학업 스트레스에 지친 여러분, 얼마나 답답하셨습니까. 지금부터 그냥 막 흔들다가 자신 있는 학생들 한 명씩 위로 올라오면 되겠습니다! 자, 음악 틀어 주세요!"

그러자 앞에 몇 소절만 들으면 바로 자동 재생이 된다는 유명 케이팝이 흘러나오기 시작했다. 아이들은 환호하기 시작했다. 그때였다. 소심하게 손뼉 치고 살랑살랑 몸만 흔들던 민서가 턴을 돌고 안무를 제대로 따라 하기 시작한 게. 좋아하는 그룹이라 뮤직비디오를 아주 많이 본 덕분이었다.

'어, 뭐지? 내가 이 춤을 기억하고 있었네?'

그리고 노래가 끝날 때까지 춤을 멈추지 않았다.

"그럼, 이제 학교를 대표해서 한 학생씩 올라와 주세요! 자신 있다 하는 친구들 있잖아. 다 알잖아."

그때 해나가 손가락으로 반대쪽을 가리키며 민서의 팔을 잡아당겼다. 담임선생님과 체육 선생님이었다.

"야, 떴어. 시간 다 됐나 봐. 가야 해."

그 순간 눈이 마주친 홍일기가 해나와 민서 쪽으로 인파를 헤치며 다가왔다.

그러고는 민서의 어깨에 손을 올리며 말했다.

"자네, 춤 좀 추네? 이제 김 댄서라고 부르면 되겠네."

그 순간 민서는 어안이 벙벙해 아무 말도 할 수 없었다.

'내가 춤을 잘 춘다고? 그런 얘기 한 번도 들은 적이 없는데…'

"저기에서 다 봤어. 김 댄서."

그 말에 민서의 얼굴이 벌겋게 달아오르기 시작했다.

"야, 너, 김 댄서래 김 댄서. 이제 고민할 필요 없겠네."

눈치 없이 해나가 놀려 대기 시작했다. 민서는 당황해 대꾸 없이 돌아서 뛰기 시작했다. 이상한 기분이 몸을 휘감는 기분이었다. 선생님이 그렇게 말해서가 아니었다. 노래가 흘러나왔을 때 그 리듬에 맞춰서 한 번도 인식해 본 적 없던 안무가 절로 나오는 게 이상하다는 걸 느꼈기 때문이었다. 그리고 그게 나쁘지 않았다. 자연스럽게 몸이 반응한다는 생각에 이어 음악이 몸에 쫙쫙 달라붙는다는 생각이 들었다. 게다가 선생님마저 그 모습을 보고 그렇게 말하다니.

'김 댄서.'

'김 댄서?'

'김 댄서….'

'내가?'

그리고 그날 이후 민서의 일상은 아주 많이 달라지기 시작했다.

* * *

복도 너머로 들려오는 악다구니 소리. 10분 넘게 이어지는 몸싸움과 고함에 몇몇 아이들이 문밖으로 고개를 내밀었다가 살풍경한 모습에 얼른 문을 닫고 자리에 앉았다.

"뭔데?"

"또 시작이지, 뭐."

민서는 궁금한 마음에 해나에게 말을 걸었지만 어쩐지 심드렁한 반응이 돌아왔다.

"지들끼리 또 치고받고 하는 거겠지. 좋다고 실실거릴 때는 언제고 수만 틀렸다 하면 지들끼리 머리채 쥐어 잡고 꼬집고 할퀴고. 한두 번 저러는 것도 아니고, 쯧쯧쯧쯧."

그 말에 민서는 감히 나가 보지는 못하고 까치발을 들어 복도로 난 창문으로 고개를 빼꼼히 내밀어 화장실 쪽을 바라봤다. 머리가 헝클어질 대로 헝클어진 여자애 둘이 죽을 둥 살 둥 서로 머리채를 붙잡고 욕이란 욕은 다 뱉어 내며 몸싸움을 이어 가고 있었다. 그때였다. 저 멀리서 여자애 서넛이 빠른 걸음으로 뛰어오더니그 둘을 갈라놓고는 반대쪽으로 한 사람씩 질질 끌고 갔다.

"쟤네 심하다, 좀."

"그냥 쟤들끼리 싸우게 두는 게 나아. 괜한 화살이 우리한테 튀는 것보다는. 툭하면 시비 걸잖아. 웃긴 게 뭔지 알아? 공부 잘하거나 운동부인 애들은 또 안 건드려요. 강약 약강이라니까."

그때 앞문이 드르륵 열리며 국어 선생님이 들어왔다. 해나는 몸을 돌려 교과서를 꺼내고 민서도 얼른 서랍을 뒤져 책을 올려놓고 앞을 보았다.

민서와 해나는 국어 시간이 끝나자마자 부리나케 급식실을 향해 달렸다. 복도로 우르르 쏟아져 나오는 아이 중에서도 가장 빠른 편에 속했다. 둘은 신이 나서 있는 대로 속도를 높여 한달음에 1층 복도에 다다랐다. 그때였다. 민서의 몸이 붕 하고 뜬 것은.

'어어, 뭐지.'

그리고 그대로 쿵 하고 바닥에 얼굴부터 떨어졌다.

"괜찮아?"

해나가 놀라 민서를 다급하게 부르며 일으켜 세우려 했다. 하지만 이상하게도 민서의 몸은 꿈쩍하질 않았다.

"그러게 앞 좀 보고 다녀라."

아까 화장실 앞에서 머리채를 쥐고 흔들며 싸우던 아이 둘이 복도 한가운데 다리를 쫙 펴고 앉아 비아냥대고 있었다. 민서가 지나가는 걸 알면서 오히려 발을 뻗은 탓에 걸려 넘어진 것이었다.

"괜찮아?"

민서는 뜨뜻한 뭔가가 입가에 흘러내리는 걸 느끼고는 얼른 손으로 받쳤다.

"야, 너네 뭐 하는 거야?"

해나가 화를 이기지 못하고 일어나 허리에 양손을 짚었다. 그러자 두 아이는 인상을 쓰고 해나에게 다가서기 시작했다.

"지가 뛰다가 넘어진 걸 뭐, 어쩌라고?"

"근데 뭐!"

일촉즉발의 상황.

"거기 뭐야?"

그 소리에 마주 보던 해나와 두 아이는 아무 말 못 하고 굳어 버렸다.

'깐깐징어다.'

매일 아침 지각생들을 귀신같이 잡아내 운동장을 돌리는 학생부장 선생님이었다. 복도에서 뛰다 넘어진 걸 설명하기도 그렇고 발을 걸었다고 하자니 증거가 없어 해나는 갈등하고 있었다.

그때 민서가 해나의 발목을 붙들고 얼굴을 숙인 채 몸을 일으켜 세우고는 학생부장 선생님에게 말했다.

"아무것도 아니에요."

그러고는 해나 손을 잡고 빠르게 걸어 그 자리를 피했다.

"괜찮아?"

"아니, 안 괜찮은 것 같아…."

고개를 든 민서의 입가가 피투성이였다.

"이게 뭐야. 양호실 가자."

놀란 해나는 민서를 데리고 양호실로 갔고 선생님은 찢어진 것 같다며 병원으로 가서 꿰매야 한다고 조퇴계를 써 주었다.

"재수가 없어도 이렇게 없… 아…."

"야, 말하지 마. 너 입 1센티 이상 움직이지 말래. 크크큭."

"웃기냐?"

"어, 웃겨. 조심해라. 당분간 좀 힘들겠지만."

네 바늘을 꿰매고 반창고를 붙인 민서는 아물 때까지 입을 크게 벌리지 말라는 처방을 받았다. 둘은 병원 앞 노점에서 어묵 꼬치를 먹는 것으로 점심을 대신하고 있었다.

"걔네 조심하라고 했잖아."

"……."

그때였다. 민서 앞에 놓인 간장 종지에 눈물이 방울방울 떨어진 것은.

"울어?"

당황한 것은 해나뿐이 아니었다. 둘을 지켜보던 노점상 아주머니가 급히 휴지를 건네주었다.

"울 일은 아닌데… 몰라, 그냥 막 눈물이 나."

"그냥 재수 없었다고 생각해."

해나는 어묵을 꼬치 끝으로 살살 빼내어 잘게 잘라 이쑤시개로 민서의 입에 넣어 주었다. 그러자 민서의 얼굴에 웃음꽃이 피었고 그걸 보고 해나는 다시 놀리기 시작했다.

"울다가 웃으면 어떻게 되는지 알지?"

해나와 헤어진 민서는 곧바로 집으로 돌아와 아이팟으로 노래를 들으며 울적한 마음을 달랬다. 빌리 아일리시의 'Bad Guy'였다. 가사 뜻도 잘 모르지만 자유분방한 몸짓으로 흔들고 노래를 부르는 그녀가 좋았다. 몽환적인 분위기. 게다가 지금 민서의 상황과 비슷하게 뮤직비디오 속 그녀는 코피를 흘리고 있었다. 민서는 노래에 맞춰 자신이 빌리 아일리시라도 된 것처럼 몸을 흔들었다.

걸 파이터

"따다단 따다다단. 따다단 따다다단. 따다단 따다다단."

약간 느릿하게 움직이면서도 중간중간 절도 있는 동작을 넣어 흐름을 바꿔 주기도 했다. 스트레스가 잠시나마 가시는 느낌이었다.

다음 날, 해나는 늘 그렇듯 큰 목소리로 호들갑을 떨었다.

"야, 너 없는 사이에 빅뉴스!"

"뭔데?"

"체육 대회 한대!"

민서는 김빠지는 소리에 해나를 흘겨보았다.

"그게 빅뉴스냐?"

해나는 기 죽지 않고 민서의 어깨를 툭툭 치며 말을 이어 갔다.

"내가 그냥 체육 대회면 말을 안 하지. 이번에는 장기 자랑 한대. 반별로 하는 게 아니라 하고 싶은 사람 지원받아서."

민서는 의아한 목소리로 되물었다.

"근데?"

그러자 해나는 눈빛을 싹 바꾸어 턱을 들어 고갯짓했다.

"너. 너, 나가 보라고."

민서는 전교생이 보는 앞에서 운동장 한가운데 선 자신을 떠올렸다. 신기하게도 하나도 떨리지 않았다.

"김 댄서!"

해나는 더 말을 잇지 않고 민서도 더 말을 하지 않았지만, 둘은 똑같은 상상을 하고 있었다.

그때부터 민서의 고민이 시작되었다. 남은 시간은 단 3주. 그 안에 자신 있는 노래로 춤을 선보여야 했다. 하지만 가장 신경 쓰이는 건 어떤 곡을 사용하느냐가 아니라 어떻게 하면 자신의 무대에 집중하게 만드느냐였다. 아이들의 집중력은 짧았다.

"3분? 5분?"

민서는 자신의 춤이 끝날 때까지 아이들의 시선을 잡아 두어야 했다. 상을 타거나 1등을 하기 위해서가 아니었다. 운동장 한가운데서 춤을 추는데 아이들이 어느덧 웃고 떠들며 자신의 존재를 잊는다면 그만큼 치욕스러운 건 없을 것 같았다. 민서는 집중력에 관한 영상을 찾아보기 시작했다.

'청소년이 순수하게 방해받지 않고 집중할 수 있는 건 어느 정도인가?'

연관 검색어까지 찾아보며 연구하고 또 연구해서 내린 결론.

'총 길이는 3분 안팎으로.'

'한 곡이 아니라 두 곡으로 노래를 편집하는 거야.'

'두 노래가 비슷한 느낌이어서는 안 돼. 반전처럼 느껴져야 해.'

'앞에는 조금 템포가 느리더라도 뒤에서는 강렬하면서도 빠른 거로.'

'무조건 엔딩곡은 아이들이 다 아는 유명한 케이팝이어야 해.'

그리고 민서는 태어나 처음으로 써 보는 편집 프로그램을 내려받아 음원을 잘라 붙이는 작업에 들어갔다.

"자, 오늘은 신영여중 학생들의 끼를 맘껏 뽐낼 수 있는 특별한 장을 준비했습니다. 순서 정한 대로 진행할 테니 참가자들은 모두 구령대 뒤로 와 주세요."

아무도 체육 대회에는 관심이 없었다. 처음으로 하는 장기 자랑에만 관심을 기울였다. 민서는 자신이 나간다는 걸 비밀로 했다. 갑자기 놀라게 하는 게 좀 더 효과적이라는 생각에서였다. 해나에게도 그리 말하고 자신의 차례가 오기 바로 전에 발표해서 바람을 잡아 달라고 부탁했다. 화장실에서 준비한 의상으로 갈아입은 민서는 거울을 보았다. 층을 심하게 낸 보브컷을 하고 진한 눈썹으로 포인트를 준 자신의 모습이 낯설어 보였다. 게다가 지금 입은 옷 안에는 음악이 바뀜과 동시에 보여 줄 또 다른 의상이 감춰져 있었다. 온라인으로 주문한 스팽글이 잔뜩 달린 민소매. 통이 큰 바지 안의 핫팬츠. 민서는 머릿속으로 노래를 떠올리며 준비해 둔 안무를 맞추기 시작했다.

"가자."

이미 두 명의 무대가 끝나 있었다. 다음다음 차례가 민서였다. 앞사람 무대는 보지 않으려 구령대 뒤쪽에서 노래만 듣고 있었다. 다행히 함성은 그리 크지 않았다.

"3학년 1반 단 한 명의 참가자. 김민서. 나와 주세요!"

운동장 한가운데에 선 민서는 몸을 한쪽으로 쏠리게 하고 팔로 허리를 짚는 동시에 노래를 틀어 달라는 신호를 보냈다.

"따단따다단. 따단따다단. 따단다다단."

빌리 아일리시의 'Bad Guy'에 맞춰 몸을 움직이기 시작했다. 이미 민서의 표정은 확 바뀌어 있었다. 그 모습에 놀란 3학년 1반 아이들이 소리를 지르기 시작했다.

"뭐야? 쟤, 원래 춤추던 애였어?"

"야, 완전 이미지 다르다."

하지만 첫 노래가 끝날 때까지만 해도 분위기는 크게 달아오르지 않았다.

민서는 놀라지 않았다.

'이제 시작이지.'

첫 노래가 중간에 툭 하고 끊겼다. 민서가 겉에 입은 옷을 벗어 던지자 햇빛에 반사된 스팽글이 화려하게 빛나기 시작하고 바지까지 벗자 빨간 핫팬츠가 드러났다. 아이들은 소리를 질렀다. 민서는 머리를 두 번 툭툭 털고는 모드를 완전히 바꾸었다. 그리고 전교생이 다 아는 노래가 울려 퍼졌다. 삽시간에 분위기가 달아올랐다. 떼창이 시작되고 민서는 블랙핑크의 '뚜두뚜두'에 맞춰 모두가 아는 포인트 안무를 선보였다.

"야, 대박."

"장난 아니다."

"완전 똑같."

"쟤, 무슨 빙의라도 한 거냐?"

그리고 중간에 넣은 야심 찬 댄스 브레이크 부분에서는 바닥에 엎드려 허리를 튕기며 무대를 크게 썼다. 동선을 넓게 쓰자 아이들 시선이 민서를 따라 움직였다. 그리고 마무리.

마지막 소절이 끝나자 아이들 함성이 쏟아지기 시작했다. 끝까지 포즈를 잡으며 자세를 흐트러뜨리지 않은 민서의 완벽한 승리였다. 무대가 끝나고 나서도 아이들의 환호는 멈출 줄 몰랐다. 멀리서 해나가 뛰어나오며 민서가 벗어던진 옷을 빈 쇼핑백에 주섬주섬 담고는 마치 매니저라도 되는 양 민서의 어깨를 감싸고 밖으로 데리고 나왔다. 해나의 동공은 이미 커질 대로 커져 있었다.

"야!!!"

"왜!!!"

둘은 긴말하지 않았다. 서로를 끌어안고 방방 뛰었다. 민서는 1등을 했다. 상품은 노트 다섯 권에 문화상품권 오천 원짜리 한 장. 그동안 들인 시간과 돈에 비하면 너무나도 적은 보상이었지만 민서는 상품보다 더 큰 걸 얻었다.

"야, 잘 봤어."

"야, 블랙핑크!"

"너, 잘하더라?"

민서가 지나가면 이제 전교생이 아는 척을 해 왔다. 이름은 기억 못 해도 춤추는 아이 또는 블랙핑크로 불렸다.

"너, 잘하더라?"

발을 걸고 시비를 걸었던 아이 둘이 민서가 그때 그 아이라는

걸 기억하지 못하고 다가와 말을 걸었을 때가 가장 통쾌했다. 민서
는 살짝 웃어 보이고 둘을 지나쳤다.

＊ ＊ ＊

"선생님, 저희 반에 이번 장기 자랑 1등 있어요."

"맞아요."

"저희 반이에요."

3학년 1반 아이들은 연거푸 자기 자랑이라도 하듯이 외쳐 대기
시작했다.

그와 동시에 환호까지 주고받자 수업 분위기가 이내 흐트러졌
다. 가만히 지켜보던 수학 선생님은 한 손을 주머니에 넣고 칠판에
글을 적다가 뒤돌아 무심히 답했다.

"동작 외워서 하는 거 가지고, 뭘. 노래를 해야 진짜지."

수학 선생님은 왕년의 밴드부 출신으로 3옥타브 이상 올라가
는 고음이 장기라는 걸 모두가 알고 있다. 흥이 나면 직접 마이크를
잡는데 수학여행 다녀온 선배들로부터 전설로 전해져 내려온 터라
아이들은 선생님 말에 수긍하지 못하면서도 이내 입을 다물었다.

"노래는 뭐 외워서 하는 거 아닌가? 똑같은 가사, 똑같은 음에
맞춰서 하는 건데."

친구의 기가 죽을까 봐 해나는 민서 쪽으로 고개를 돌려 말했
다. 아무것도 하지 않았는데도 머쓱해진 민서는 그저 입을 다물고

수업에 집중했다. 하지만 자신을 자랑스럽게 여기는 친구들의 반응이 싫지는 않았다.

급식을 먹고 올라오는 계단에서 마주치는 아이마다 민서에게 아는 척을 했다. 놀랍게도 모두 그녀와 한 반인 적이 없었던 동급생이었다. 모르는 사람이 자신을 알아보는 건 태어나 처음 경험하는 일이었다. 으쓱함과 함께 민망함이 몰려와 자꾸만 짧은 옆머리를 꼬게 만들었다.

"담엔 뭐 출 거야?"

"담에?"

생각지도 못한 질문에 민서는 당황해 아무 말도 못 했다.

그러자 해나가 대신 대답했다.

"수련회 때 보면 알 거야. 진짜 끝내주는 거 준비한다고."

민서는 해나의 팔뚝을 꼬집으며 입 모양으로 눈치를 줬다.

'야, 적당히 해. 아직 생각도 안 해 봤는데.'

민서의 반응에도 아랑곳하지 않고 해나는 확정을 지어 버렸다.

"수련회 때 김 댄서 춤 기대하라고."

"알았어~."

두 아이는 손을 흔들더니 이내 복도 저쪽으로 사라졌다.

"야!"

"왜!"

"내가 언제 수련회 때 춤춘댔어?"

"그럼 안 출 거야?"

"……."

"내가 장담하는데 너는 계속 출 운명이야."

"그 정도는 아니다, 뭐."

"야, 진짜 나는 네가 내 친구라는 게 완전 자랑스러웠다니까. 진짜야. 무대 위에서 완전 다른 사람처럼 바뀌는 거 보고, 난 느낌이 왔어. 확신했다니까. 넌 춰야 해. 춤춰야 하는 사람이라고."

그 말을 남기고는 해나는 혀를 내밀어 보이더니 먼저 뛰어가기 시작했다. 민서는 해나의 뒤를 바짝 쫓아 달렸다.

"자, 이번 수련회는 강화도로 갈 건데. 1박 2일이야. 야외에서 취침하니까 감기 안 걸리게 조심하고. 그리고 자네들 내가 노파심에서 이야기하는데 혹시 술이나 그런 거 가져올 생각은 하지도 마. 알았어? 어차피 집합하면 짐 검사부터 한다. 알았나?"

"네…."

아이들은 힘이 쭉 빠져 대답했다. 일탈을 꿈꾸기 딱 좋은 수련회지만 담임선생님이 두 눈 뜨고 지켜보는 한 아무것도 시도할 수 없다는 걸 알고 있었다. 하지만 그런 김빠진 듯한 분위기에도 불구하고 오히려 민서는 온몸의 털이 삐쭉 서는 것 같은 긴장을 떨쳐 버릴 수 없었다. 친구가 뱉은 말이지만 책임을 지고 싶었다. 아니, 다시 한번 눈도장을 찍고 자신의 존재감을 뽐내고 싶었다.

'이번엔 뭘 추지?'

한 번밖에 선을 보이지 않은 무대이기는 하지만 지난번과 비슷하게 꾸미고 싶진 않았다. 같은 레퍼토리가 반복되면 그만큼 신선함이 줄어들 것이고 매번 그런 춤밖에 출 줄 모른다는 평가를 들을 테니까 말이다.

'장기 자랑은 밤에 할 테니까 좀 달아오르게 만드는 게 좋지 않을까? 흠… 뭔가 기합도 딱 들어가면 좋을 것 같고. 그날 분위기랑도 잘 맞았으면 좋겠는데.'

반장이 나눠 준 유인물에 적힌 일정에는 레크리에이션과 캠프파이어 이후에 장기 자랑이 배정되어 있었다. 민서는 그 부분에 동그라미를 치고 또 쳤다.

"젤 늦게 하니까…. 밤이 키워드네."

그리고 유튜브에서 각종 댄스 영상들을 다시 한번 훑기 시작했다. 그러다 눈에 들어온 플레이 리스트 하나. 그걸 보는 순간 민서는 이거다 싶었다.

'딱이야.'

그리고 그 영상을 해나에게 카톡으로 보냈다. 전송하자마자 사라진 숫자 1. 그리고 답이 바로 떴다.

"대박. 완전 잘 어울려."

민서는 그날부터 영상을 보며 안무를 따고 노래를 편집해 곡을 만들기 시작했다. 공연까지는 3주밖에 남지 않았다. 민서는 방과 후 집으로 돌아오면 유튜브를 켜 놓고 느린 배속 버전의 안무를 연습하고 또 연습했다.

"민서야, 뭐 하니. 민채 숙제하는 것 좀 봐줘."

민서는 에어팟을 귀에 끼고 춤추느라 엄마가 하는 말을 듣지 못했다. 방문을 확 열어젖힌 엄마는 놀라서 엉거주춤한 모습의 딸을 발견했다.

"너, 뭐 하는 거야? 동생 숙제 좀 봐주라니까."

"아… 아니 운동 좀 하려고. 아까 떡볶이 너무 많이 먹었거든. 알았어. 내가 봐줄게."

민서는 쏜살같이 방을 빠져나갔다. 하지만 엄마는 계속해서 재생되는 아이패드 영상을 유심히 들여다보았다.

"준비됐어?"

"응. 준비는 다 됐는데… 나 춤추고 있는데 애들이 전부 뒤돌아보는 악몽을 자꾸 꿔서…."

"그럴 일 없어."

"그래도 혹시 모르잖아…."

"야야, 넣어 둬 그런 걱정. 내가 확실히 바람 잡아 줄 테니까 걱정 말라고."

이럴 때면 민서는 해나의 존재가 너무나도 든든했다. 카랑카랑한 해나 목소리에 걱정이 사르르 녹아내리는 것 같았다.

1박 2일 수련회 일정은 녹록하지 않았다. 반별로 조교를 따라 산을 넘고 단합 훈련을 소화해야 했다. 끝나자마자 허겁지겁 배를 채우고 레크리에이션을 하고 캠프파이어까지 마치니 어느덧 까만 밤이 찾아왔다.

민서의 마음이 쪼그라들기 시작했다. 벌써 열 시가 넘은 시각. 선생님들은 모두 한곳에 모여 회의를 하는 듯 보였다.

"아, 빨리 끝났으면 좋겠다. 우리끼리 좀 놀게."

"그러게. 이만큼 했으면 됐지, 또 뭘 해야 해?"

피곤한 아이들이 한마디씩 보탰다. 그때 옆 반 담임선생님이 멀리서 종이 한 장을 들고 뛰어오는 게 눈에 들어왔다.

해나는 민서의 어깨를 두드리고는 반장보다도 먼저 달려갔다.

"야, 빨리 모이래!"

해나가 뒤돌아 손을 크게 흔들어 신호를 보냈다. 민서는 챙겨 둔 의상으로 갈아입기 위해 무리를 빠져나갔다.

어느새 스탠드에는 진행을 맡은 방송부 아이 둘만 서 있었다.

"자, 그럼 바로 시작해 보겠습니다."

"수련회의 꽃 중의 꽃 중은 뭐다? 바로 장기 자랑 아니겠습니까?"

"이날을 위해 갈고닦은 실력을 보여 주겠다는 친구들이 지금 뒤쪽에서 대기하고 있습니다."

"모두 일곱 팀이네요."

"자, 그럼 시작해 보겠습니다. 첫 무대는 마술을 보여 줄 친구입니다."

아이들은 시큰둥하게 손뼉을 쳤다. 제법 긴장한 한 학생이 앞에서 카드 마술을 보이기 시작했지만 어두운 탓에 잘 보이질 않아 아이들은 이내 집중력을 잃었고 막판에는 야유까지 쏟아졌다.

"들어가~ 들어가~."

아이는 더 보여 줄 마술이 있는데도 쭈뼛거리며 퇴장했다. 멀리서 조마조마한 심정으로 바라보던 민서는 오히려 다행이라고 생각하고 있었다. 앞 무대를 잘하면 잘할수록 뒤 무대에 대한 기대가 커지고 그러다 보면 부담이 생기기 마련이니까.

"자, 다들 잘 즐기고 계신가요? 이번에는 여러분이 기다렸을 무대! 바로 화끈한 댄스! 지난번 체육 대회 기억하시죠?"

"네, 그럼요. 체육 대회 때 우리를 뒤집어 놨던 김민서 학생이 이번에는 새로운 무대를 준비했다고 하네요."

"자, 그럼 바로 보도록 하겠습니다. 나와 주세요."

천천히 나와 자리를 잡은 민서는 머리에 맨 두건을 한 손으로 잡고 몸을 숙였다. 노래가 시작되는 순간 최대한 크게 한 바퀴 돌며 분위기를 쇄신할 생각이었다. 그리고 드디어 시작되었다.

"신영여중 박수 쳐~!!!"

음원에 자신이 끼워 넣은 멘트가 나오자 민서는 회심의 미소를 지었다. 아이들이 술렁이기 시작했다.

세븐틴의 '박수'가 울려 퍼지고 민서는 공연을 시작했다. 칼 군무와 에너지로 유명한 남자 아이돌의 춤을 카피하느라 진땀깨나 흘렸던 시간이 머릿속을 스쳐 지나갔다. 다행히 아직은 안무를 틀

걸 파이터

리지 않았다.

　박수 치는 소절에서 학생들은 자신도 모르게 손뼉을 치기 시작했다. 분위기가 슬슬 달아올랐다. 민서는 의상 바꿔 입을 준비를 했다. 지난번과 달리 집업 후드 안에 프릴이 잔뜩 달린 빨간 블라우스를 받쳐 입었다. 군데군데 달아 놓은 까만 리본 장식은 해나의 작품이었다. 그리고 열한 시가 훌쩍 넘은 시간이 되었을 때, 두 번째 노래가 흘러나오기 시작했다.

　첫 소절부터 떼창이 터져 나오기 시작했다. 마지막 무대인 탓에 정말 노래 제목 그대로 '12시'를 향해 가고 있었다.

　민서는 분위기를 좀 더 끌어 올리기 위해 집업 후드를 벗어 던지고 두건을 풀어 한쪽 손에 둘렀다.

　아이들은 이미 혼연일체가 되어 머리를 흔들고 있었다. 그때 한 아이가 일어나 고함을 지르기 시작했다.

　"아쉬워 벌써 12시!!! 어떡해 벌써 12시!!!"

　마지막까지 민서는 힘을 다해 안무를 소화했다. 그리고 마무리 자세. 그야말로 열광의 도가니였다. 아이들은 손에 들고 있던 걸 모조리 던지기 시작했다. 모든 무대가 끝나고 1등을 발표하는 순간 한 사회자가 마이크를 관중석으로 넘겼다.

　"오늘의 1등은…. 왠지 다 이미 알고 있을 것 같은데요? 누구죠?"

　"청하!!!"

　민서는 앞으로 나가 넙죽 인사하고 상품을 받은 뒤 다시 한번 시그니처 안무를 선보이고 무대에서 내려왔다. 얼떨떨했다. 텐트로 돌아가는 아이들이 민서를 발견하고는 행가래를 쳐 주려 난리를 치는 탓에 선생님들이 진을 뺐다.

민서는 덕분에 여운을 느낄 새도 없이 배정된 텐트 구석에 누워 벌렁대는 심장을 진정시켜야만 했다.

'꿈 아니지?'

피곤한 탓에 이미 코까지 골며 꿈나라로 간 아이들 사이에서 두 눈이 말똥말똥한 채로 밤을 지새운 건 민서 하나뿐이었다.

* * *

"야! 야! 들었어?"

"뭘?"

"올해 과학제 안 하고 축제한대. 그것도 연합으로."

"뭐?"

"이번에 새로 온 교장 선생님이 문화 예술 쪽에 관심이 많대. 그래서 그쪽으로 어떻게 해 보려는 건지 이번에는 연합으로 축제한대."

"어디서 들었는데?"

"얘들아, 내가 학생부잖니."

총무이기는 해도 간부는 간부였다. 학교와 긴밀히 협조해야 하는 행사에는 학생회 임원들이 참석하는데 거기서 들은 모양이었다. 자세한 프로그램이 정해지지는 않았지만, 학생 주도형 공연이 포함되어 있다고 했다.

"세상에."

해나는 입을 가리고 민서의 등을 냅다 갈겼다. 민서는 애써 좋아하는 티를 내지 않으려고 했다. 지금까지는 친구, 후배, 선생님 앞에서만 공연했는데 연합 축제라면 다른 학교 학생들도 함께 하는 엄청 큰 행사였다. 게다가 신영여중은 바로 옆에 담을 맞대고 있는 남학교가 하나 있었고, 근처에 또 다른 여중이 하나 그리고 버스로 10여 분 거리에 남녀공학이 하나 더 있었다. 인근 학교의 학생들이 모두 모인다고 생각하면 청중은 어림잡아도 천 명은 훌쩍 넘을 게 뻔했다.

'이건 하늘이 준 기회야.'

그날부터 해나는 온통 온누리제에 사로잡혀 있었다. 방학식이 다음 주이니 두 달이라는 준비 기간이 주어진 셈이었다. 이번에는 더욱 단단히 준비하기로 마음먹었다. 분명히 초대 팀도 있을 테니까. 그 앞에서 제대로 된 무대를 보여 인정을 받으리라, 또 한 번 뜨거운 갈채를 받으리라, 마음먹었다.

'지금까지 한 것보다 몇 배는 더 준비해야 해.'

사실 민서가 계속 1등을 할 수 있었던 건 신영여중에 춤추는 아이가 별로 없었고 실력보다는 전략을 잘 짰던 게 주효한 탓이기도 했다. 어떻게 보면 관중의 마음을 사는 방법으로 여기까지 왔다고 봐도 무리가 없을 터였다.

'이번엔 좀 제대로 배워 보자.'

민서는 고민스러웠다. 학원에 다니고 싶지 않았던 건 아니다. 하지만 서울이 아닌 안산에서는 제대로 된 댄스 학원을 찾기가 어려운 건 사실이었다. 매번 유튜브로 보던 유명 선생님들의 팝업 클래스는 서울에서만 열렸다. 게다가 문제는 돈이었다. 일주일에 만 원인 용돈으로는 한 달 내내 한 푼도 안 쓰고 모아 봤자 원데이 클래스밖에는 들을 수가 없었다.

"에휴."

그 맘을 눈치챘는지 해나가 옆에서 눈치를 보며 부추기기 시작했다.

"엄마한테 도와 달라고 하면 어때?"

"엄마는 나 춤추는 것도 몰라. 상 탔는지 모른다고."

"말하면 되잖아?"

"말해도 믿지 않겠지만 믿어도 그다지 좋아하지 않을걸."

"그럼 알바라도 하는 건 어때?"

"알바하려면 허락받아야 하잖아. 어차피 말해야 한다고."

"그럼 그냥 말해. 밑져야 본전인데."

"엄마가 안 좋아할 거라니까."

"말도 안 해 보고 어떻게 알아?"

"아, 알아. 안다니까. 맨날 오빠 고 3이라 입시 준비 방해된다고 조용히 하라고 하고 동생 숙제 도와주라고 하는데, 거기에다가 '엄마, 나 춤추는데 학원 다니게 돈 좀 주세요.' 이러면 픽이나 좋아하겠다."

그 말을 뱉으니 오히려 더 절망스러운 느낌으로 가슴이 꽉 차는 듯했다.

"그러지 말고 방법을 좀 생각해 봐. 잘 말하면 들어주시지 않을까?"

해나는 집으로 향하는 내내 민서를 설득했다.

'기적이라는 게 있으려나?'

하지만 자신이 없었다. 좋은 소식을 받아 들었을 때와는 달리 수심이 깊어질 뿐이었다.

"민서야, 엄마 나갔다 와야 하니까 민채 잘 보고 있어. 알았지? 나, 지금 나가는 중이야. 민서 왔어. 응, 전화 끊어."

민서가 말을 꺼내기도 전에 엄마는 휴대폰을 든 채 집 밖으로 달려 나갔다.

"나, 이거 그려 줘."

그사이 민서 곁에 다가온 민채는 스케치북과 크레파스를 내밀며 공룡을 그려 달라고 보챘다. 짜증이 난 나머지 빨간색으로 대충 휘갈겨 줬더니 따지기 시작했다.

"공룡은 빨간색 아니야!!!"

"몰라. 저리 가!"

민서는 자신도 모르게 공격적인 투로 말하며 동생을 밀쳐 냈다.

엉덩방아를 찧은 민채가 울기 시작했다.

"미안 미안. 일부러 그런 거 아니야. 엄마한테는 말하지 마. 알았지? 호."

민서는 옷도 갈아입지 못하고 그 후로 두 시간은 더 붙들려 태블릿피시로 애니메이션을 같이 보며 놀아 줬다. 그때였다. 엄마가 문을 열고 피곤한 얼굴로 들어오다가 둘을 발견하고는 갑자기 화사하게 웃으며 민채의 볼에 뽀뽀 세례를 쏟아붓기 시작했다.

"내 새끼. 이쁜 내 새끼. 너도 일로 와."

엄마는 민서마저 같이 껴안으려 팔을 내밀었지만, 민서는 손길을 뿌리쳤다.

"무슨 좋은 일 있어?"

"엄마, 다시 일하기로 했어."

"엥? 그럼 민채는 누가 봐?"

"아, 할머니가 오실 거야."

"그래?"

"그러니까 너도 좀 도와주고. 응?"

그러면서 엄마는 민서의 코끝을 손으로 살짝 꼬집었다.

그때 민서 입에서 자신도 모르게 말이 튀어나왔다.

"엄마, 나 이번 여름 방학 때 학원 다닐래."

"학원?"

"특강으로 두 달만 다닐래."

"무슨 학원?"

"그 선영이 다니는 어학원인데 원어민 선생님도 있고 엄청 재밌대. 이참에 나도 영어 공부 하고 싶어. 어차피 방학 때만 딱 두 달 다니는 거고."

"그래? 알았어."

엄마는 재킷을 벗으며 순순히 대답했다. 민서는 엄마의 등 뒤로 '예스!'라고 소리 없이 외치며 기분 좋다는 동작을 해 보였다. 민채는 무슨 뜻인지 모른 채로 언니를 가만히 지켜보고 있었다.

"자, 그럼 이렇게 해 볼까? 4주 안에 하려면 좀 힘들 테니까 6주로 하고 2주는 보충하고 영상 찍자."

"네, 좋아요!"

"혹시 좀 더 쉬운 버전을 원해?"

"아뇨. 저 진짜 멋있게 하고 싶어요."

"흠… 혹시 기초 따로 배운 적은 있어? 풋워크나 아이솔레이션 따로 배운 적은?"

"아뇨. 그냥 혼자서…."

"흠… 그럼 일단 나올 때마다 집어 줄게. 완전 기초 동작 같은 건 수업 시작할 때 10분 정도 음악에 맞춰서 연습해 보고. 대신 열심히 해야 해?"

"네!!!"

어렵게 구한 선생님이었다. 서울까지 왔다 갔다 했다가는 왠지 들킬 것만 같아 앱으로 튜터를 구했다. 일대일로 수업할 수 있다고 했고, 백업 댄서로 무대를 선 탄탄한 경력을 가지고 있다고 했다. 그래서 일주일에 한 번 연습실을 대관해 두 시간씩 안무를 배우기로 했다. 가진 돈에 맞춰서 진행하다 보니 딱 여덟 번밖에는 진행할 수가 없었다. 그러니 무조건 집중할 수밖에.

"자, 그럼 바로 시작할게!"

선생님이 무선으로 연결된 스피커로 음악을 재생했다. 연습실에 울려 퍼지는 팝송. 민서가 준비한 필살기였다.

"야, 너 살 많이 탔다?"

"사이판 갔다 왔거든."

"너네는 어디 갔는데?"

"우리는 강원도 할머니네."

여름 방학이 끝나자 아이들은 하나같이 피부가 까맣게 그을려 나타났다. 여전히 뽀얀 피부를 자랑하는 건 민서밖에 없었다. 하지만 다른 친구들이 부럽지 않았다. 타지 않은 피부는 민서에게는 이른바 훈장과도 같은 셈이었으니까. 이제 민서는 방과 후에 잡아 놓은 연습실로 가 춤을 추고 영상을 찍었다. 이 과정에는 늘 든든한 매니저 해나가 함께했다.

"야, 이번 게 훨씬 좋다!"

해나는 매번 조금씩 달리하는 구성을 꼼꼼히 살펴봐 주고 피드백을 해 줬다. 그러면서 여러 가지 아이디어도 냈다.

"이번에는 무대도 좀 커지고 거리도 있으니까 의상도 좀 더 신경 쓰는 게 좋을 것 같아."

"그치?"

늦은 연습 후 둘은 헐레벌떡 분식집으로 들어가 떡볶이를 쉬지 않고 입에 넣으며 서로가 골라 놓은 의상 이미지를 보여 줬다.

"이거 살 돈이 될까?"

"서울 함 가 볼래?"

"주말에?"

둘은 토요일에 서울로 가 의상과 소품을 사기로 했다. 물론 구입한 모든 것들은 해나네 집에 맡겨 두기로 하고.

"자네들, 다른 학교 학생들도 오니까 특별히 더 조심히 행동해야 하는 거 알지?"

"네!"

"잘못하면 우리 학교 망신이야. 망신이라고."

"네!"

"그리고 수업의 연장이니까 빠지지 말고 꼭 참석하고. 알겠나?"

"네!"

아이들은 시작하지도 않은 축제 분위기에 휩싸여 들떠 있었다. 일주일 전부터 운동장에는 가설무대가 설치되었고 음향 팀까지 와서 점검도 했다. 모든 과정을 창문 너머로 흘낏흘낏 보며 아이들은 설레었다.

그리고 축제 당일. 모두의 바람과 기대와는 달리 날씨가 좋지 않았다. 오전 내내 흐리다가 오후 늦게 빗방울이 조금씩 떨어지기 시작했다.

타들어 가는 민서의 속은 모르고 아이들은 저마다 한마디씩 보탰다.

"취소되려나?"

"귀찮아. 난 그냥 집에 갈래."

"내가 일기예보 확인했는데 이러다가 갠대. 진짜야."

울상을 하고 앉아 1분에 한 번은 창밖을 바라보며 확인하는 민서를 해나가 안심시키며 말했다.

'이날을 위해 두 달 넘게 준비했는데…'

"이러다가 만다니까. 여기 다섯 시부터는 완전 갠다고 뜨잖아. 봐봐."

민서는 해나의 위로에도 불구하고 도저히 수업에 집중할 수 없었다. 우울함이 얼굴에서 가시질 않았다. 세 시가 조금 넘었을 무렵 언제 그랬냐는 듯이 해가 얼굴을 내밀고 다시 화창해졌다. 해나는 민서의 어깨를 툭툭 건드리며 눈치를 줬다. 민서는 그제야 표정을 풀고 멋쩍게 웃어 보였다.

"대기실은 따로 없고 화장실에서 갈아입어야 해."

의상과 소품을 한가득 챙겨 낑낑대며 끌고 천막까지 왔건만 스태프는 화장실로 가라며 손가락으로 가리켰다.

"대기실이라고 되어 있는 이건 뭔데?"

"초청 팀만 쓰는 거야."

"아니, 다 같이 참가하는데 왜 차별을…."

따지려고 드는 해나를 말리며 민서는 화장실로 들어갔다. 칸막이 안으로 들어가 변기 뚜껑을 닫고 그 위에 앉아 낑낑대며 바지로 갈아입었다. 통이 넓고 길이가 긴 탓에 바닥에 끌리지 않게 끝을 손으로 살짝 잡아야 했다.

"리허설을 해 보긴 해야 할 거 같은데?"

불안한 마음에 민서가 해나에게 물었다.

"또 대기실 쓴다고 하면 난리 치겠지. 교실로 갈래?"

아이들 대부분은 밥 먹으러 밖으로 나가 교실은 비어 있을 터였다. 해나와 민서는 짐을 들고 다시 3층으로 올라갔다. 음악을 틀어 놓고 본무대 의상을 입은 채로 동작을 처음부터 끝까지 체크하기 시작했다. 절반 정도 지났을까? 그때 뭔가가 부욱하는 소리를 내며 찢어졌다.

"헉!"

민서는 깜짝 놀라 바짓가랑이를 손으로 잡고는 그대로 섰고 해나는 놀라 음악을 껐다. 바지가 양쪽으로 쭉 찢어져 있었다.

민서의 얼굴이 사색이 되었다.

"어떡하지?"

해나도 어찌할 줄 몰라 그대로 섰다.

"꿰맬 수 있을까?"

최하나

"그래, 꿰매 보자. 내가 가서 실이랑 바늘 빌려 올게."

"어디서?"

"교무실."

"교무실?"

"댄서의 꿈을 존중하는 우리 담임한테 부탁해 볼게."

"고마워."

해나를 내보낸 후 찢어진 자리를 다시 한번 확인하는데 정말 박음질 선을 따라 크게 뜯겨 있었다.

'징조가 별론데…'

다행히 바늘과 실 그리고 옷핀을 가지고 해나가 돌아왔다.

"너는 일단 바지 벗고 리허설 마저 해. 내가 꿰맬 테니까."

"고맙다야…"

"근데 나 완전 예쁘게는 못 해서 대충 하고 옷핀으로 중간중간 고정시킬 테니까 입고 다시 한번 추면서 확인해 봐."

"응, 혹시 몰라서 준비해 온 까만 레깅스를 안에 입고 춰야겠다."

진땀 흐르는 리허설 시간은 그렇게 흘러갔다. 다행히 이번에는 별 이상이 없었다. 불안한 마음이 들었지만, 민서는 무대 위에서 바지가 찢어지면 붙들고서라도 끝까지 추리라 단단히 마음먹었다.

'난 죽어도 못 내려가.'

"자, 제1회 온누리제 개막을 선언합니다! 창조적인 인재를 함양

하고 더 크고 넓은 장을 제공하기 위한…."

사위가 어둑해지고 어느덧 운동장에는 천여 명이 훨씬 넘는 학생들이 운집해 있었다. 각기 다른 교복을 입은 데다가 남학생들도 적지 않게 있어 아이들은 평소보다 훨씬 들떠 있었고 반대로 선생님들은 잔뜩 긴장한 눈치였다. 다행히 일사불란하게 줄을 맞춰 앉은 아이들은 질서를 잘 지켰고, 행사도 매끄럽게 잘 흘러갔다.

"자, 기다리셨죠? 이번에는 그동안 갈고 닦은 끼를 선보일 학생들이 나섭니다. 또 얼마나 멋진 무대를 선보일지 궁금해지네요. 그럼 함성으로 불러 보겠습니다."

"와아아아아아아!!!"

민서는 무대 뒤에서 기도하듯 손을 맞잡고 서 있었다. 다른 팀의 공연은 보지도 못한 채로 잔뜩 긴장한 상태였다. 게다가 이번에는 꼼짝없이 혼자였다. 해나는 관중석에서 영상을 찍어 주겠다며 이미 명당으로 자리를 옮겼기 때문이다. 흘낏흘낏 보니 생각보다 무대 바닥 상태가 좋지 못한 것 같았다. 설치 시간이 부족했는지 바닥에 전깃줄이 지저분하게 널려 있었다.

"자, 이번 무대는 뭐, 이미 다 아시죠? 했다 하면 1등! 김민서 학생이 이번에는 어떤 춤으로 우리를 또 사로잡을지 기대가 됩니다. 김민서 학생, 무대로 올라와 주세요."

계단을 밟고 올라서기 전 민서는 운동화를 벗고 양말만 신은 채로 무대에 섰다. 아이들이 웅성대기 시작했다.

"쟤, 맨발이야."

"왜 신발을 안 신었대?"

그런 반응에 아랑곳하지 않고 민서는 손을 들어 큐 사인을 보냈다. 그러고는 뒤돌아 손을 포개어 배 위에 대고 섰다. 관객을 등지고 서기만 했을 뿐인데 온몸에 긴장이 짜르르 번지는 듯했다.

조금 생소하지만 템포가 빠르면서도 강렬한 음악이 쏟아져 나오면서 민서의 본격적인 무대가 시작되었다. 아이들은 평소와는 다르게 꽉 찬 안무로 구성된 춤에 눈을 떼지 못하고 시선을 고정했다. 중간중간 터져 나올 법한 환호성도 없이 모두가 집중한 가운데 민서는 계속해서 무대를 이어 나갔다.

"와…."

이미 중간중간 친구의 춤을 확인했던 해나의 입에서 자동으로 탄성이 흘러나왔다. 빠르고 역동적인 몸짓에 한눈팔 새도 없었다. 해나는 실감하고 있었다. 자신의 친구가 이제 정말 다른 사람이 되었다는 걸, 그야말로 '어나더 레벨'이 되어 버렸다는 걸. 민서는 이번에는 정공법으로 의상을 바꿔 입지 않고 그대로 가기로 한 듯했다. 천진난만한 표정으로 다음 곡을 기다리며 관객의 얼굴을 한 번 쭉 훑으니 그제야 아이들은 조금씩 소리를 지르기 시작했다.

"따따딴 따따딴 예이예이예."

전주가 나오자 관객들이 다 같이 폭발했다. 역시 가장 잘 아는 노래에 반응하는 법. 제대로 된 실력을 보여 주고 분위기를 사로잡아 두 마리 토끼를 잡겠다는 게 민서의 이번 공연 전략이었다. 게다가 센 느낌의 노래가 연달아 이어지니 자신이 보여 주고자 한 콘셉

트도 유지할 수 있었다.

떼창이 터져 나왔다. 그리고 과감한 민서의 춤사위에 아이들이 소리를 지르며 하나둘 일어서기 시작했다. 어느덧 줄이 무너지고 있었다. 당황한 선생님들은 손짓하며 앉으라고 했지만 흥분한 학생들은 너 나 할 것 없이 앞으로 몰리기 시작했다. 그때였다. 갑자기 퍽 하는 소리와 함께 노래가 끊어졌다. 당황한 건 학생들만이 아니었다. 영상을 찍던 해나도 무대 위의 민서도 놀라 멈춰 섰다. 사회를 보던 학생이 민서에게 잠시 무대 한쪽에서 대기해 달라고 했다.

"양해 말씀드리겠습니다. 스피커에 문제가 생겼습니다. 잠시만 기다려 주세요."

그사이 선생님들은 아이들을 다시 줄 맞춰 앉히기 시작했다. 하지만 10분 넘게 흘렀는데도 고쳐질 기미가 보이질 않았다. 음향 엔지니어가 무대를 향해 엑스 자를 해 보였다.

사회를 보던 학생이 민서에게 다가왔다.

"어떡하지. 그만해야 할 것 같은데…."

관객들도 모두 민서의 퇴장을 예상하는 것 같았다. 옆으로 난 계단을 막고 선 아이들은 미리 길을 터 주기까지 했다.

입술을 잘근잘근 깨물던 민서가 사회자에게 말했다.

"무반주로라도 마치게 해 줘."

"괜찮겠어?"

"어. 나, 그냥 못 내려가. 절대."

최하나

그러자 사회자가 관객들 쪽으로 손나팔을 하고 크게 외쳤다.

"김민서 학생이 무반주로라도 끝까지 하겠답니다. 박수로 그 용기에 답해 주세요!"

하지만 이미 한번 가라앉은 분위기가 쉽게 올라올 리 없었다. 맥 빠진 박수가 여기저기서 산발적으로 터져 나왔다. 하지만 민서의 마음에는 변화가 없었다. 그리고 끊긴 부분부터 동작을 이어 나가기 시작했다.

'노래가 없는 춤이라니.'

해나는 애가 타면서도 마음이 아팠다. 그때 누군가 손뼉 치며 리듬을 맞춰 주기 시작했다. 조금씩 소리가 커지면서 아이들도 하나둘 다시 집중하기 시작했다. 민서는 흔들림 없이 자신의 춤을 추었다. 그때였다. 기적처럼 끊겼던 노래가 나오기 시작했다. 아이들이 다시 흥분하기 시작했고 선생님들은 앞에 서서 바리케이드를 치기 시작했다. 민서는 챙겨 놓았던 장미 세 송이를 중간중간 관객을 향해 던졌다.

다행히 큰 함성과 열렬한 반응 속에 민서는 무대를 마칠 수 있었다. 계단을 밟고 아래로 내려가자 다른 학교 남학생들이 엄지를 치켜 보여 주었다. 민서는 쑥스러운 마음에 꾸벅 고갯짓으로 인사를 대신하고 계단 아래에 벗어 둔 신발을 신었다.

그때 누군가 다가와 어깨를 두드렸다.

"수고 많았네."

민서 눈에서 눈물이 왈칵 쏟아졌다. 당황한 담임선생님이 제자의 얼굴을 살피며 휴지를 찾기 시작했다.

"선생님, 여기 있어요."

때마침 도착한 해나가 눈물범벅이 된 친구의 얼굴을 닦아 주며 와락 껴안았다.

"너무 수고 많았어…. 난 네가 내려올 거라고… 근데 아니었어… 멋있었어…."

"차마 못 내려가겠더라고. 그냥 이 무대를 끝내야만 내려갈 수 있겠더라…."

담임선생님은 한쪽에서 뻘쭘한 듯 서서 부둥켜안고 흐느끼는 두 제자의 모습을 지켜볼 뿐이었다.

이날 1등은 당연히 민서였다. 하지만 소감을 말하는 차례에 불려 나간 민서는 고개도 제대로 들지 못하고 수줍게 고맙다는 말 한 마디만 내뱉을 뿐이었다. 민서는 정말 이날만큼은 순위가 아무런 상관이 없었다. 만족스러움으로 벅찬 가슴을 어찌해야 할 줄 몰랐다. 그 후로도 민서의 일화는 오래오래 아이들 입에 오르내리며 전해질 터였다. 그렇게 인생에 다시없을 찬란한 가을이 가고 있었다.

* * *

"학교 어디로 갈지 정했어?"

"나는 음… 집 근처로 쓸까 생각 중인데."

"인문계지?"

최하나

"어."

신영여중은 딱 중상 정도의 성적을 유지하는 아이들이 대부분이라 보통은 인문계 고등학교 진학 비율이 높았다. 그렇다 보니 특목고에 가는 학생들도 극소수이며, 특성화고를 희망하는 학생도양 손가락으로 꼽을 정도였다. 1지망부터 5지망까지, 희망하는 학교를 써서 내야 하는데 아이들은 크게 고민하지 않았다. 보통 집근처의 학교를 선택하거나 상위권 대학을 염두에 두는 경우 학구열이 높은 곳으로 써내니 특별할 게 없는 절차였다. 해나도 망설임없이 생각해 놓은 학교 다섯 곳을 적어 냈다. 지망 학교를 가지고담임선생님이 한 번 진학 상담을 하긴 하는데 그저 형식적인 절차에 불과했다.

"자네들, 다 정했지? 그럼 반장이 걷어서 가져와."

아이들은 반장 자리로 하나둘씩 다가가 종이를 냈다.

"아직 안 낸 사람? 하나 모자라."

그때였다. 민서가 쭈뼛쭈뼛하다 손을 들고 말했다.

"나, 아직."

"지금 갖다 내야 하는데…. 오래 걸려?"

"아니 그건 아니고…."

민서는 애꿎은 펜 뒤를 물어뜯었다. 해나는 의아한 표정으로 종이를 뺏어 확인하고는 대신 반장에게 답을 했다.

"얘는 따로 가져다 낼 테니까 나머지 애들 것만 먼저 내라."

"그건 좀…."

"담임한테 말해. 민서 좀 늦는다고. 뭐라 하면 직접 가서 이야기할 테니까."

반장은 썩 내키지 않는 표정으로 일어나 교무실로 가고 해나는 고개를 숙여 아래를 바라보고 있는 민서에게 조심스레 물었다.

"너, 진짜 여기로 갈 거야?"

"아직 확실히 정한 건 아니야…."

"엄마랑도 이야기해 본 거야?"

"그게…."

"이건 이야기해 봐야 하지 않을까?"

"나도 아는데. 입이 안 떨어져."

"……."

"엄마는 어차피 오빠랑 동생 때문에 바쁘고 의논해 봤자 무슨 말도 안 되는 소리냐고 할 게 뻔한데…."

"그거야 네가 어떻게 설명하느냐에 따라 다르지 않을까?"

해나는 조심스럽게 말을 건넸다.

"모르겠어. 그냥 말도 안 되는, 꿈같은 소리 같기도 하고."

민서는 양손으로 머리를 헤집어 흐트러뜨렸다.

"난 그렇게는 생각 안 해. 차라리 엄마한테 그때 찍은 영상 보여 드리고 솔직하게 이야기해 보지, 그래? 그냥 말하면 당연히 황당하시겠지. 너 춤추는 것도 모르신다며."

"그렇긴 하지. 알았어. 그 축제 영상 나한테 좀 보내 줘."

그날 밤. 민서는 타이밍만 엿보고 있었다. 일을 다시 시작한 엄마는 감히 말도 못 붙일 정도로 지쳐서 돌아오곤 했기 때문이다. 대신 기분이 좀 나아 보이긴 했다. 엄마는 결혼하고도 몇 년은 큰 회사에 다녔다고 했다. 아빠와는 사내 커플이라서 결혼식 전까지 비밀 작전을 펼쳤다고. 하지만 오빠를 낳고 민서를 키우면서 복직은 포기했고, 그나마도 막내가 태어나면서 일을 다시 한다는 건 상상도 못 하게 되었다고 했다. 정확한 내막은 모르지만 아빠 혼자서 일을 하며 다섯 식구를 감당하는 건 버거운 일이었는지 몇 번 큰소리가 오갔는데 그 후 엄마가 일을 다시 시작하게 된 것이었다. 사실 민서는 그 부분에 대해서는 불만은 전혀 없었다. 그냥 동생 숙제 돕기가 조금 더 많아져서 귀찮은 정도랄까? 그렇지만 가뜩이나 바쁜 엄마는 민서에게 신경 쓸 겨를이 없었다. 둘이 대화하는 건 얼굴을 마주쳤을 때뿐이었다.

화장실 문을 열어 놓은 채 클렌징 하는 모습을 기웃거리는 민서가 이상했던지 엄마는 얼굴에 거품을 잔뜩 묻힌 채로 물었다.

"어, 민서야. 왜?"

"아, 아니…. 엄마 바빠?"

"뭔데? 말해."

민서가 뜸을 들이자 엄마는 서둘러 거품을 닦아 내고는 세안 밴드를 한 채 식탁에 양반다리를 하고 자리를 잡았다.

"우리 딸, 뭔데?"

엄마는 가까이 선 민서의 엉덩이를 토닥거리다가 앞에 앉으라고 손짓을 해 보였다. 자리에 앉고서도 민서는 한 손에는 휴대폰을 꼭 쥔 채로 머뭇거렸다.

"무슨 심각한 일이야? 안 좋은 일인 거야?"

엄마의 이마에 세 줄짜리 큰 주름이 졌다.

"아니, 그건 아니고⋯."

"엄마 숨넘어가기 전에 얼른 말해."

"지망하는 고등학교 써서 내는데⋯."

"어, 나는 우리 딸이 어떤 학교로 가든 다 괜찮지. 그래 봐야 몇 군데 없지 않아? 명신이랑 우정 그리고 좀 멀리 써 봤자 인경 아닌가?"

"그게 엄마⋯ 나, 예고 가고 싶어."

"뭐?"

한숨 돌리며 물을 마시던 엄마는 깜짝 놀란 듯 캑캑거렸다.

"예고? 무슨 예고? 뭔 소리야."

"엄마, 나 서울공연고 가고 싶어."

"서울공연고??? 네가 거길 뭐로 가는데?"

"춤."

"춤? 말 같지도 않은 소리를 하고 있네, 얘가. 뭔 소리야. 푸흐흐흡."

당황한 나머지 엄마는 토해 내듯 웃음을 뱉어 냈다. 그러자 민서는 미리 내려받아 재생 준비를 해 둔 영상을 건네주었다. 축제 날 해나가 정 중앙에서 심혈을 기울여 찍은 공연 모습이었다. 엄마는 한참을 넋이 나간 표정으로 영상을 보았다.

엄마가 조심스레 물었다.

"이거 너 맞아? 언제부터야?"

"올해부터. 중 3 올라오고 나서."

"아니, 엄마가 딸이 춤추는 것도 몰라줘서 미안한데. 잘 추는 것도 알겠고. 근데…."

엄마는 말을 고르고 또 골랐다.

"이거 취미로 하면 안돼? 취미로 해도 되잖아? 추지 말라는 게 아니야."

"취미로 하고 싶진 않아. 마음이 그래. 그 이상이야."

"허, 참."

"나, 공연할 때마다 1등 했어. 학교에서 이제 다 나 알아봐. 우리 담임도 인정했어. 무대에 설 때 완전히 다른 사람이 된 거 같은 기분이야. 태어나서 처음 느껴 보는 기분이라고. 진짜야."

진지한 딸의 반응에 엄마는 얼굴빛이 더 어두워졌다.

그러다가 민서의 두 손을 잡고 천천히 말했다.

"민서야, 네 맘을 아예 모르는 건 아니야. 근데 아예 진로까지 이쪽으로 미리 정하는 건 아닌 것 같아. 엄마 말이 냉정하게 들릴지는 모르겠지만 세상에는 난다 긴다 하는 사람들이 많아. 춤 잘 추는 애 중에는 진짜 어릴 때부터 한 애들도 있고 부모님이 아예 그쪽이신 분들도 있겠지. 아예 하지 말라는 건 아닌데 고등학교를 예고로 가면, 그것도 네가 말하는 공연고라는 곳으로 가면 진로가 너무 좁아져. 대학 가기도 어렵다고. 나중에 그 맘 바뀌면 어쩔 건데? 엄마는 그래서 반대야. 그리고 솔직히 우리 형편에 예고는 좀 힘들고. 게다가 서울이라며? 어떻게 왔다 갔다 할 건데? 우리, 현실적인 것도 좀 생각하자. 응?"

"내 맘 안 바뀌어. 엄마는 그 자리에 없어서 몰라. 진짜 다들 나를 쳐다보면서 열광하는데 그걸 내가 온몸으로 느꼈다니까. 한 번은 그럴 수도 있겠지. 근데 매번 그랬다고. 그리고 그 기분이 달라, 그냥 달라. 설명하긴 힘들어. 엄마 내가 열심히 할게. 응? 버스로 왔다 갔다 하면 돼. 내가 그냥 다 잘할게."

민서는 이제 거의 읍소하다시피 말했다. 그 말에 엄마도 전혀 흔들리지 않는 건 아니었다.

"언제까지 정해서 내야 하는 건데?"

"내일."

"내일?"

엄마는 잠시 생각에 잠겼다가 말을 이었다.

"일단 지금은 안 돼. 대신에 네가 공식적으로 인정하는 상을 탄다거나 하면 그때는 전학을 시키든 우리가 서울로 이사를 가든 무슨 수를 쓰든 할 테니까. 일단은 그냥 인문계 써서 내. 그러고 나서 다시 이야기하자."

"……."

민서는 여전히 식탁에 깔아 둔 유리만 내려다본 채로 움직이지 않았다. 실망감이 온몸을 감싸는 느낌이었다. 엄마는 먼저 일어나

최하나

냉장고에서 캔 맥주 하나를 따더니 딸을 두고 안방으로 들어가며 집 안의 모든 불을 껐다. 어둠 속에 남겨진 민서도 이내 방으로 들어가 침대에 누웠다. 그러고는 엄마와의 대화를 다시 떠올려 봤다.

'대신에 네가 공식적으로 인정하는 상을 탄다거나 하면 그때는 전학을 시키든 우리가 서울로 이사를 가든 무슨 수를 쓰든 할 테니까. 상을 탄다거나 하면 그때는…. 상을 탄다거나 하면….'

그 말이 머릿속에 맴돌았다. 민서는 얼른 휴대폰을 켜서 검색하기 시작했다. 그리고 얼마 남지 않은 대회 하나를 발견하고 달력에 표시를 하고는 아이팟을 끼고 노래를 들으며 잠을 청했다.

'제1회 전국 청소년 쇼다운 예선.'

대회장은 이미 참가자로 인산인해를 이루고 있었다. 민서는 오늘만큼은 혼자였다. 해나에게도 비밀로 했다. 하지만 자신은 있었다. 무대에서 느꼈던 기운을 고스란히 기억하고 있는 터였으니까. 이성적으로 설명하기는 힘들지만, 자신의 몸을 움직이는 건 그 기운이었다. 그리고 매번 행운을 가져다줬다. 그게 바로 타고난 재능이자 실력이라 믿었다. 팀전과 개인전이 따로 치러지기에 둘로 나뉘진 대기실에서 참가자들은 저마다 분주하게 움직였다. 의상으로 갈아입고 분장에 가까울 정도로 진한 화장을 하는 팀도 있었다. 좀비 콘셉트로 춤을 추는지 얼굴에 피 칠갑을 한 아이도 있었고 뱀파이어 콘셉트로 춤을 추는지 얼굴을 창백하게 화장한 아이도 있었다. 팀으로 나온 아이들은 한쪽에서 일사불란하게 움직이며 동선을 점검하고 있었는데 그 수가 적지 않았다. 팀이라고 하면 보통 대여섯 명을 생각했는데 무려 열 명이 넘는 아이들이 한 팀인 곳도 있었다. 민서는 보지 않으려 했지만, 자꾸만 다른 참가자들의 움직임이 눈에 들어왔다. 그 때문에 조금씩 위축이 되고 있었다. 학교에서는 가장 튀었지만 여기서는 아니었다. 그때였다. 무대 위로 심사 위원 네 명과 사회자까지 올라와 자리를 잡았다.

"오늘의 행사는 배틀 형식으로 진행이 됩니다. 개인전과 그룹전으로 나뉘어서 치러지고요. 준비해 온 퍼포먼스를 먼저 선보이고 그다음은 프리스타일로 진행됩니다. 여기에서 뽑히는 상위 열 팀이 본선에 진출하게 됩니다. 곧 예선전이 시작될 예정이니 참가자들은 무대 뒤에서 대기해 주세요."

민서는 발이 더 차가워지는 걸 느끼며 스스로 기합 주며 긴장을 풀려 애썼다.

"아자! 나이스! 할 수 있어!"

이제 무대 위 조명이 켜지고 번호표를 붙인 참가자들이 무대 뒤로 모여들었다. 그 사이에 낀 민서는 조용히 자신의 순서를 기다리며 마음속으로 기도 아닌 기도를 했다.

"자, 그럼 첫 번째 배틀 참가자 1번 나이스 캐치와 7번 해피엔드를 만나 보겠습니다. 무대 위로 올라와 주세요~!"

그리고 이내 시작된 배틀. 다섯 명, 일곱 명으로 구성된 두 팀의 실력은 보통이 아니었다. 분명 노래에 맞춰 춤을 추는 건 민서와 다를 바가 없었다. 하지만 필살기들이 하나씩은 있었다. 장르 불문이라고는 했지만, 주특기인 장르를 하나씩은 보여 줬다.

'저거 터팅?'

'세상에 파핀 장난 아닌데.'

'로킹이잖아?'

그 모습에 민서는 점점 더 온몸의 힘이 빠지는 듯한 기분이었다. 도망쳐야겠다는 생각이 점점 강해졌다. 그때 민서의 번호가 호명되었다.

"참가 번호 143번과 158번 올라와 주세요."

143번이라는 번호를 티셔츠 앞에 단 민서는 납덩이처럼 무거워진 몸을 이끌고 계단을 올라 밝은 빛 아래 섰다. 긴장한 탓인지 조명 탓인지 상대의 얼굴은 잘 보이지 않았다. 흘러나온 음악과 함께 무대는 시작되었고 다시 한번 자신조차도 설명하기 힘든 기운에 몸을 맡길 뿐이었다.

* * *

"민서야, 이제 우리 자주 못 봐서 어떡해? 난 그게 너무 아쉽다. 같은 동네면 학교가 달라도 자주 볼 수 있을 텐데."

해나는 1지망 학교로 배정되었다. 이미 같은 학교로 가는 아이들끼리 안면을 트고 끼리끼리 모여 이야기도 나누는 듯했다. 하지만 민서는 슬프지 않았다. 대신에 자신이 입게 될 노란색 교복 사진을 보여 주었다.

걸 파이터

"야, 진짜 이쁘다. 우리 학교 교복은 뭐…. 말도 마. 똥색이야 똥색. 내가 벽돌색까지는 참아 주려고 했는데 똥색이라니…."

"너네도 이뻐."

"너는 가서도 잘할 거야. 신영여중의 스타이자 희망이라니까? 나중에 유명해지면 사인해 주는 거 잊지 말고. 응?"

"무슨 사인씩이나."

둘은 이야기를 나누며 각기 행복한 상상에 빠져들었다.

그때 누군가 짝 소리가 날 정도로 민서의 등을 세게 쳤다.

"야!"

"너, 전국 대회 나가서 1등 했다며? 역시!!! 나 그거 유튜브로 봤잖아."

"아이, 뭘."

멋쩍어하며 귀 옆머리를 매만지는 민서에게 아이는 조잘조잘 계속 떠들어 댔다. 그러다가 갑자기 조용해지면서 아이들이 뒷문 쪽을 쳐다보았다. 담임선생님이었다.

"왜? 하던 이야기 마저들 해."

무척이나 기분이 좋아 보이는 모습이었다. 그러더니 담임선생님이 민서 쪽으로 다가왔다.

"어이 김 댄서! 말하는 대로 됐네? 축하허이, 자네."

민서는 활짝 웃어 보였다. 그런데 그 순간 담임선생님 얼굴이 일그러지며 무서운 목소리로 변했다.

"내가 그 영상 봤는데 1등 할 실력은 아니던데?"

당황한 민서는 제대로 대꾸도 못 했다. 게다가 늘 옆에서 거들어 주던 해나 역시 얼굴이 매섭게 변해 있었다. 조금 뒤, 민서를 바라보던 모든 아이의 고개가 반대로 돌아가 있었다. 가슴이 턱하고 막혀 숨이 쉬어지질 않는 듯한 느낌이었다. 반 전체에 비난의 목소리가 울려 퍼지고 있었다.

"나도 그렇게 생각했다니까. 무슨 1등이야, 1등이? 운 좋아서 그리된 거지."

"재수가 진짜 좋은 애라니까."

그 말에 민서는 양손으로 귀를 틀어막았다.

그때 눈이 절로 떠졌다. 민서는 식은땀으로 온몸이 축축하게 젖은 채로 침대 위에 누워 있었다. 하지만 손 하나 까딱할 수 없었다. 목소리도 나오지 않았다. 무서워서 온몸이 바들바들 떨리는 느낌이었다. 젖 먹던 힘을 다해 소리치려 애쓰자 작은 소리가 목을 타고 넘어오는 게 느껴졌다. 그 순간 몸이 조금씩 움직여졌다. 민서는 파랗게 질린 얼굴로 숨을 크게 내쉬었다. 몇 번째 겪는 악몽이자 가위인지 몰랐다. 민서는 이 모든 게 꿈이길 바라면서도 꿈이 아니길 바라면서 엉엉 울었다. 굵은 눈물이 볼을 타고 쉴 새 없이 흘렀다. 그때 맞은편 옷장에 잘 다려져 구김살 하나 없는 교복이 눈에 들어왔다. 위아래 카키색에 칼라만 짙은 청색으로 되어 있는 재킷. 민서는 벌떡 일어나 옷을 바닥에 내팽개치고는 있는 대로 힘껏 밟았다. 맘 같아서는 찢어 버리고 싶었지만 그럴 수 없었다. 그러지 못

하는 자신이 밉다는 생각이 들자 오열이 터져 나왔다. 주체 못 할 창피함과 분함이 밀려들었다. 대회 예선 탈락 이후 지금까지 패배감이 민서를 놓지 않고 줄곧 괴롭히고 있었다. 이렇게 중학교 시절을 마무리한다는 게, 더 큰 꿈을 향해 나아가지 못한다는 게 기정사실로 되어 버렸다.

졸업식 날이 되었다. 자리에 엎드려 있던 민서를 누군가 툭툭 쳤다. 고개를 드니 해나가 졸업 앨범을 들고 서 있었다. 빈자리에 친구들이 하고 싶었던 말을 돌아가며 썼고, 그 차례가 끝나 주인인 민서에게로 다시 온 것이었다.

"고마워."

동시에 민서도 해나에게 앨범을 건넸다. 이제 자신의 롤링페이퍼를 확인할 차례가 되었다. 하지만 어쩐지 자신이 없어 민서는 연신 표지만 손으로 계속 훑었다. 한참을 망설이다가 숨을 한 번 크게 내쉬고 뒤부터 확인했다. 삐뚤빼뚤한 글씨체도 있고 '다꾸'하듯이 반짝이 스티커까지 붙여 정성스럽게 쓴 것도 있었다. 이름을 쓴 아이도 있었고 그렇지 않은 아이도 있었다. 민서는 하나씩 읽어 내리다가 웃음을 터뜨렸다.

'무인도에 가서도 살아남을 넌. 인정!'

학기 중반쯤에 무인도에 가서도 살아남을 것 같은 사람 투표를 했었다. 담임선생님이 일이 있어 종례가 늦어진 틈에 장난삼아 거수로 뽑았다. 그때 민서가 2등으로 뽑혔다. 그 시간의 모습들이 머릿속을 스쳐 갔다. 다음 페이지로 넘겨 메시지를 손가락으로 대어 가며 읽던 민서는 갑자기 손가락을 멈췄다.

"우리 반 댄서, 고등학교 가서도 춤출 거지?"

"진짜 멋있었다! 어떻게 하면 그렇게 춤을 잘 춰?"

"춤 인정 인정. 나도 담에 갈켜 주라."

그다음 문장에서 갑자기 온몸이 들썩거리기 시작했다.

"지지 않는 걸 파이터. 자네, 나중에 꼭 사인 한 장 해 줘."

누군지 밝히지 않았지만 알 것 같았다. 눈물이 후두두 떨어지고 네임펜으로 쓴 글자가 번져 흐려지기 시작했다.

'걸 파이터…'

그 모습을 보고 해나가 달려와 민서를 꼭 안아 주었다. 아이들은 이상한 듯 쳐다봤지만 해나가 모른 척하라는 시늉을 하자 다들 자신들이 하던 일로 돌아갔다.

"이성대학교 수시 모집 면접장에 오신 것을 환영합니다!"

민서는 아침부터 부산을 떠는 엄마 덕분에 면접장에 두 시간이나 일찍 도착했다. 언덕 위에 자리 잡은 캠퍼스까지 올라가느라 서늘한 날씨에도 땀을 뻘뻘 흘렸다. 토요일이라 그런지 여유로워 보이는 대학생 언니 오빠 몇이 눈에 띄었다. 벤치에 앉아 커피를 마시며 이야기 나누는 모습을 보며 가슴이 두근거리는 걸 참을 수 없었다.

"저, 5호관이 어디예요?"

지나가는 사람 중에 휴대폰을 들여다보지 않는 이를 어렵사리 찾아 물었다.

"저쪽으로 가면 가운데가 뚫려 있고 빙 둘러서 사각형 모양으로 생긴 건물이 있거든요. 거기로 가면 돼요."

"감사합니다."

"혹시 수시?"

"아… 네, 맞아요."

"파이팅! 행운을 빌어요."

민서는 감사하다는 말과 함께 꾸벅 인사를 하고 가르쳐 준 방향으로 걷기 시작했다. 다른 면접자들은 아직 도착하지 않은 모양이었다.

'아직도 한 시간이나 남았네.'

장소를 확인한 후 민서는 캠퍼스 안을 구경하다가 다시 면접장으로 돌아왔다. 도착하니 자신처럼 교복을 입고 대기실에 앉아 있는 아이들이 보였다. 이상한 긴장감이 맴돌았다.

"자, 이제 호명하는 학생 다섯 명씩 나와서 밖에 앉아 있다가 들어갈 겁니다."

그 말이 끝나기 무섭게 민서는 다시 한번 자신의 수험표를 확인했다. 그걸 가슴에 달고서는 손으로 옷매무새를 체크했다. 치마를 잡아당겨서 주름을 펴 주고 재킷에 묻은 먼지를 손으로 털어 주었다. 시간이 가까워질수록 심장이 더 빨리 뛰었다.

그 순간 엄마가 아침에 자신의 두 손을 꼭 잡고 해 준 말이 떠올랐다.

'민서야, 긴장되면 가장 행복했던 순간을 떠올려. 그러면 마음이 좀 편안해질 거야.'

두 손을 무릎 위에 포갠 채로 잡고 눈을 꼭 감았다. 그러자 기억이 다른 곳으로 데려가 주었다.

천 명이 넘는 학생들 앞에서 민서는 춤을 추었다. 음향 사고로 인해 무반주로라도 춤을 선보이겠다고 동작을 이어 가는데 노래가 다시 울려 퍼졌다. 아이들의 끊이지 않는 함성. 양말만 신고 계단을 밟고 아래로 내려가자 엄지를 치켜 보여 주던 남학생들. 그리고 다가와 자신의 어깨를 두드려 주던 손길.

"수고 많았네."

해나는 눈물범벅이 된 민서의 얼굴을 닦아 주며 와락 껴안으며 말했다.

"최고다, 내 친구."

눈이 번쩍 떠졌다.

'그래, 나 걸 파이터였지.'

그 순간 민서의 번호가 호명되었다. 민서는 아까와는 다른, 당당한 걸음걸이로 다른 아이들을 따라 대기실을 빠져나갔다. 그리고 얼굴에 자신만만한 미소가 번졌다. 3년 전 그때처럼.

걸 파이터

환상의 댄스 배틀

초판 1쇄 펴낸날 2024년 7월 10일

글	김설아, 박훌륭, 정재희, 조은정, 최하나
편집장	한해숙
편집	신경아, 이경희
디자인	최성수, 이이환
마케팅	박영준, 한지훈
홍보	정보영, 박소현
영업관리	김효순

펴낸이	조은희
펴낸곳	주식회사 한솔수북
출판등록	제2013-000276호
주소	03996 서울시 마포구 월드컵로 96 영훈빌딩 5층
전화	편집 02-2001-5820 영업 02-2001-5828
팩스	02-2060-0108
전자우편	isoobook@eduhansol.co.kr
블로그	blog.naver.com/hsoobook
페이스북	chaekdam
인스타그램	chaekdam

ISBN 979-11-93494-56-1

 큐알 코드를 찍어서
독자 참여 신청을 하시면
선물을 보내 드립니다.

 책담 다른 내일을 만드는 상상